KB266460

사서교사
김리하

22년차 사서교사가 알려주는
사서교사의 모든 것!

사서교사 김리하

김리하 지음

harmonybook

"나의 이야기로 말할 수 있으면 좋아요. 나의 경험을 담은 나의 이야기."

스피치 교육을 받을 때 즉흥적으로 제시된 단어를 보고 짧은 이야기로 말해야 한 적 있다. 누구나 할만한 일반적인 이야기보다는 자기 경험에 근거하여 '나의 이야기'로 풀어내는 것이 중요하다는 강사님의 말씀이 기억에 남았다.

학생들에게도 '나만의 이야기'를 만들어가는 삶이 중요하다는 걸 누누이 이야기한다. 그런데 정작 나는 '나의 이야기'를 얼마나 풀어내고 있을지 궁금했다. 에세이라는 건 진솔한 나의 이야기고, 나와 함께한 사람들 덕분에 떠오른 영감이 내 삶에 스며든 '나의 경험'이라고 생각한다. 그래서 늘 쓰고 싶었지만, 쉽지 않았다.

마침 어느 출판사 대표님의 에세이 특강을 들을 기회가 있었다. 사서교사로 살아오며 경험한 것들을 써 보면 좋겠다고 말씀하셨다. 처음이었다. 용기가 생겼다. 보물 같은 소중한 나의 이야기들이 내 기억 속에만 머물게 하고 싶지 않았다.

끄적끄적 써 내려간 글 속에 내 인생을 세 가지 에피소드로 담았다. 이어서 스물한 편의 에세이가 더해졌다. 어쩌면 더 많은 이야기가 내 삶에 숨겨져 있을지도 모른다. 하지만, 딱 이 정도가 좋았다. 내 꿈을 찾아준 아빠의 이야기부터 사서교사로 살아오며 만난 학생들, 그리고 바빌루 보컬스튜디오에서 노래를 배우며 변화된 내 모습과 사서교사로서의 전문성을 보여주는 노하우가 담긴 이야기로 마무리하는 이 지점이 딱 좋았다. 그렇게 기억하고, 추억하고, 감사하며 이 글을 썼다.

2026년 4월

김리하

제2장

학교도서관을 품은 아이들과 사서교사

제3장

조금은 특별한 사서교사

제1장

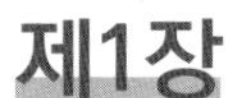

사서교사의
꿈을 찾아준
아빠와의 추억

intro.
별을 바라보는 소녀

반짝, 빛나는 별이 더욱 선명한 가을밤. 포니 픽업트럭의 짐칸에 돗자리를 펴고 눕는 건, 비밀스럽고 아늑한 공간을 즐기는 방법이었다. 아빠와 나만의 비밀 놀이 같은 것. 별을 보고 싶을 때마다 간절히 아빠를 쳐다보면, 아빠는 엄마의 잔소리를 뒤로하고 내게 윙크했다. 그럼 나는 얼른 돗자리를 들고 살금살금 주차장으로 가서 트럭 뒷칸에 던져 넣는다. 내가 뒷바퀴 위쪽을 사뿐히 밟고 뛰어오르면 잠시 뒤, 아빠는 한 손으로 트럭 난간을 잡고 휙 몸을 날려 착지했다.

"짠, 우리 딸을 위한 슈퍼맨 등장!" 목소리를 최대한 낮추며 멋진 포즈와 함께 영화배우처럼 말하는 아빠의 모습에 소리 없는 박수와 함께 해맑게 웃는 소녀. 엄마를 약 올리면서까지 막내딸이 좋아하는 놀이에 기꺼이 동참하는 걸 마냥 즐거워하는 아빠. 그렇게 우린 유쾌하고 즐거운 부녀지간이었다.

"아빠도 어릴 때 이렇게 누워서 하늘 보는 거 좋아했어요?"

밤마다 옥상에서 하늘을 쳐다보느라 목이 아프다는 나에게 멋진 장소를 소개해 준 아빠도 나와 같이 밤하늘을 좋아했는지 문득 궁금해졌다. 아빠는 1950년생. 아빠의 십 대 초반은 이렇게 여유롭게 하루를 보내기 힘든 시절이었다. 게다가 '따따따 멋쟁이 할머니'라는 별명이 있을 정도로 온 동네를 휘젓고 다녔던 친할머니 슬하에서 아빠가 가질 수 있는 조용한 시간은 오직 동네 한 귀퉁이 벽에 몸을 기대어 밤하늘을 쳐다보는 시간뿐이었다고. 그래서 아빠는 가족들이 잠든 밤에 조용히 옥상에 올라가곤 했던 내 모습을 눈여겨보셨나 보다. 학교에서 어떤 것이든 목표를 세워 매일 실천하고 기록하는 것을 방학 과제로 내주었을 때, 나는 밤하늘을 관찰하고 정리한 그림일기로 상을 받은 적 있다. 그때 아빠는 누구보다 환하게 웃으며 나를 안고 빙그르르 돌다가 픽업트럭 뒤에 사뿐히 내려주었다.

"우리 공주님, 아빠가 오늘은 특별한 상을 줄까? 세상에서 가장 멋진 마차에 앉아서 밤하늘 속 별들의 환호를 받는 거야. 유성우가 떨어지며 반짝이는 빛처럼, 우리 눈 감고 환호를 느껴 보자!"

그럴 때면, 학교에서 받은 상보다 아빠의 칭찬과 축하가 더 좋아서 기분이 날아갈 것 같았다.

하지만, 현실에서 내가 좋아하는 것을 다 꿈꿀 수 없다는 걸 깨달은 건 초등학교를 졸업하기 직전이었다. 뭐든 해보라는 아빠와 달리 엄마는 내가 별이 좋아서 천문학자가 되고 싶다고 말하자마자 핀잔을 주었다.

"너, 별 따먹고 살아갈래? 천문학은 무슨!"

그러면 난 땅이 꺼지도록 한숨을 쉬며 터벅터벅 집 밖으로 걸어 나갔다. 아빠는 그런 나를 따라 걸으며 조용히 딸의 마음을 위로해 주곤 했다. 달빛에 비치는 '키다리 아저씨' 같은 아빠의 기다란 그림자가 내 발걸음에

닿을 듯 말 듯 따라 걷는 모습은 언제나 곁에 있으니 안심하라는 메시지로 다가왔다. 엄마의 반응에 심통이 났다가 속상했다가 다시 울적해지던 나도 아빠의 든든한 그림자를 보면 조금씩 기분이 나아졌다. 다시 고개를 들고 하늘을 바라볼 수 있게 될 무렵이면 조용히 한 손을 들어 하트를 그려 보였다. 그걸 신호로 아빠는 성큼성큼 다가와서 나를 번쩍 안아주었다. 혹여나 눈가에 물이 맺힌 건 아닌지 살피는 시선과 내 기분을 풀어주려는 우스꽝스러운 입 모양이 어우러지며 나를 달랬다.

"우리 딸, 이제 괜찮아? 엄마는 걱정해서 그러시는 거야. 알지?"

나긋나긋하고 부드러운 아빠의 목소리에 담긴 진심은 어느새 뾰로통해졌던 내 기분을 멀리 사라지게 했다.

내가 좋아하는 것을 마음에 품으며 꿈을 찾아갈 수 있도록 아빠의 관심은 계속되었다. 별과 우주 관련이라면 포기 못 하는 날 위해 공상과학영화를 함께 보러 가 주었고, 별자리 책이 필요하면 바로 구해 주었다. 그렇게 반짝 다가온 나의 첫 번째 꿈은 아빠의 은하수같이 잔잔한 지원 덕에 언제나 하늘을 동경하고 자연을 사랑하는 소녀로 살아갈 수 있는 마음의 힘이 되었다.

"아빠, 저 사관학교에 가고 싶어요. 하늘을 나는 공군이
되고 싶지만, 우리 집에선 너무 멀고, 어차피 합격 가능
성은 없으니 가까운 해군 사관학교라도 지원해 볼래요."
어느덧 고등학생이 된 내가 아빠에게 한 말이다. 물론
어릴 적 한눈에 반했던 사관생도의 모습이 떠올라서 아
예 무관한 관심은 아니겠지만, 아빠로서는 조금 당황스
럽고 갑작스런 딸의 선언이었을 거다. 아빠는 다음 날부
터 체력 관리가 중요하니 아침마다 운동하자며 함께 뛰
고, 훈련하는 일정을 잡아주었다. 은행에서 퇴직한 후
작은 사업을 하느라 아침부터 밤까지 바쁜 아빠였지만,
막내딸을 위한 시간은 제일 먼저였다.
"아빠, 이렇게 일찍 나와서 뛰면 오후에 힘들지 않아요?"
걱정하는 내 말에 아빠는 그저 씩 웃으며 아빠도 이
제 슬슬 건강 관리를 해야 한다고, 막내딸 덕에 운동하
게 되었다고 오히려 고마워하셨다. 나의 사관학교 지원
사건은 원서를 접수하고, 사관학교를 견학하는 것에서
마무리되었다. 남들은 가능성 없는 걸 중요한 시기에 왜
하냐고 했지만, 그럴 때마다 움찔하는 나에게 아빠는 두

눈을 마주하며 약속을 받아내듯 다독였다.

"우리 딸, 해본 거랑 안 해본 거는 다른 거야. 네가 그만두겠다면 억지로 안 하지만, 해보고 싶은 마음이 있다면 지금 이 순간 최선을 다해봐야겠지? 그래야 후회하지 않고, 이 시간이 너에게 추억이 되는 거야! 우리 같이 그 추억 만들어 볼까?"

그래서인지 그 일은 내 인생에서 부끄러움이나 후회가 아닌 행복한 기억으로 남아 있다. 그렇게 나의 첫 번째 별인 천문학자와 두 번째 별인 사관생도의 꿈을 마음에 담고, 세 번째 별을 찾아가는 학년이 되었다.

"아빠, 저는 시 쓰기를 하면 국어 교사가 되고 싶고, 원소 기호를 보면 화학 교사가 되고 싶고, 영어 선생님이 좋아서 영어 교사도 되고 싶고, 우주의 원리를 보면 지구과학 선생님도 되고 싶어져요."

그저 평범한 나였기에, 딱히 어느 분야에 특출난 재능이 보이지도 않았다. 그나마 초등학교 1학년 때 처음 만난 담임선생님의 친절함과 따스함 때문에 막연히 교사에 대한 꿈은 가지고 있었지만, 그중에서도 어떤 과목이 좋은지 갈팡질팡하던 시기였다. 그저 성적표에 적히는 등수를 높이기 위해 나름대로 악바리가 되었다가, 성적이 조금이라도 떨어지면 그대로 무너지곤 했다. 그런 나를 잡아준 건 아빠였다. 어느 날 내 성적표를 가만히 살펴보던 아빠가 지갑을 열었다.

"자, 우리 수고한 막내딸, 성적이 떨어진 과목엔 3,000원씩, 오른 과목엔 1,000원씩, 유지한 과목엔 2,000원씩 계산해 볼래?"

눈이 휘둥그레져 쳐다보는 나를 아빠는 부드럽게 미소 지으며 꼭 안아주셨다. 이후 나는 성적표가 나올 때마다 열심히 계산해서 아빠에게 보여드렸고, 점점 오르는 과목이 많아져서 용돈이 적어져도 마냥 기분이 좋았다. 든든한 나의 지원군이자 응원군인 아빠가 웃으며 기다릴 모습을 생각하면 너무나 행복했으니까.

그렇게 봄의 끝자락을 지나 여름을 보내고 본격적인 입시 철이 다가왔다. 어쩌면 다행히도 학급 학생들의 입시 상담에 적극적이지 않았던 고3 담임선생님을 만난 덕분에 나는 대치동 컨설팅 저리 가라 할 정도의 맞춤형 입시 상담을 아빠에게 받았다. 내 고민을 들은 아빠는 그날로 서점에 가서 최신 입시 자료집을 서너 권 사 오셨고, 며칠 동안 말 그대로 '공부'하기 시작했다. 진로를 정할 땐 내가 뭘 좋아하고, 뭘 잘하는지 파악하는 게 제일 중요하다며 그동안의 학교생활에 관한 대화도 자주 했다.

"우리 딸은 다양한 분야에 관심이 많고, 그걸 사람들에게 알려주는 걸 좋아하지? 전에 책 읽고 선생님께 칭찬받아서 기뻐했던 모습도 참 보기 좋았거든. 아! 시 쓰는 수업도 좋다고 했고, 무엇보다도 뭔가 아이디어가 떠오르면 다음에 뭘 해야 하는지 스스로 잘 파악하는 것도 기특했어. 그리고…."

언제 그런 걸 다 기억했나 싶을 정도로 아빠는 어릴 때부터 고등학생이 된 딸의 모습에서 인상적이었던 장면을 상상하는 표정으로 하나씩 손꼽아 말해주었다.

"아빠가 학교에 다닐 때는 선생님들이 참 무서웠어. 그런데 우리 딸은 학교에 다녀오면 늘 선생님 자랑을 하고, 선생님께 칭찬받은 걸 기쁘게 이야기해 주는 걸 보면서 정말 학교를 좋아하는구나 싶더라고. 그래서 우리 딸이 학교라는 공간에서 즐겁게 살아갈 수 있는 직업을 선택해 보는 건 어떨까?"

"음, 그게 뭔데요?"

내가 기억하는 학교에선 담임선생님, 교과 선생님, 교장선생님이 전부였는데, 아빠는 어떤 직업을 생각하신 것일지 궁금해졌다.

"사서교사라는 직업이 있어. 물론 아직 우리나라에선 인원도 적고, 많이 알려지지 않았지만, 사서교사라면 우리 딸이 잘하는 걸 잘 해낼 수 있는 직업이 아닐까 싶어서."

아빠와의 대화는 등교 전에도, 하교할 때도 계속 이어졌다. 특히 야간자율학습이 끝나고 밤 10시를 훌쩍 넘긴 시간에도 언제나 교문 앞에서 딸을 기다리던 아빠와 함께 걸으며 이야기 나누는 시간은 나에게 최고의 대화 시간이었고, 상담 시간이었다.

그렇게 나는 아빠 덕분에 세 번째 별을 바라보기 시작했다. 바로, Teacher Librarian. 사서교사.

스무 살의 봄, 문헌정보교육과의 새내기가 되었고, 하나씩 배워가며 아빠는 정말 날 정확히 알고 계셨음을 깨달았다. 모든 게 아빠 덕분이라며 당당하게 사서교사가 된 막내딸의 모습을 보여주리라 다짐했다. 하지만, 나의 세 번째 별인 사서교사의 꿈을 펼치기 전에 아빠는 내 마음속 영원한 별이 되어 밤하늘로 떠나셨다. 초점이 흐려진 아빠의 눈에서 반짝 빛나는 별을 본 것 같은 기분은 나만의 착각이었을까? 아빠를 보내드리며 다짐했다. 아빠와 함께 픽업트럭 위에 누워서 올려다보던 밤하늘의 반짝임을 기억하며, 당당히 나의 별을 펼치는 여정으로 나아가겠다고.

01.
아빠는 엄마만 좋아해!

휴일엔 단둘이만
아무도 모르게 살짝꿍
우리 집 꼬마들 화가 났네
아빠는 엄마만 좋아해

이 노래는 우리 세 자매가 늘 흥얼거리던 거였다. 딸바보 상위권에 속하던 아빠였지만, 엄마 앞에서는 우리 셋보다는 늘 엄마가 먼저였기 때문이다. 아빠의 사랑을 독차지하고 싶었던 나는 그럴 때마다 꼬치꼬치 캐물었다.

"아빠는 엄마랑 우리 셋 중에 고르라고 하면 누구를

고를 거예요?”

이건 마치 어린아이들에게 엄마가 좋은지, 아빠가 좋은지 물어보는 다소 잔인한 질문이긴 했다. 하지만, 난 알고 싶었다. 아빠가 진짜 딸바보인지.

평소에는 “어유, 우리 딸이 최고지!”라고 내 기분에 맞춰주던 아빠도, 엄마가 가벼운 감기에만 걸려도 눈시울까지 적셔가며 이렇게 말했다.

“아빠는, 엄마가 떠나면 바로 따라갈 거야.”

“아니, 아빠! 그럼, 우리는요!”

“몰라!”

그러곤 엄마 옆을 밤새 지켰다.

역시 아빠는 엄마가 없으면 안 된다니까. 결국 나는 두 손 들고 언니들과 한 팀이 되어 똘똘 뭉쳤다. 한번은 다 같이 차를 타고 가다가 엄마가 잠시 뭘 사 오겠다며 차에서 내리셨다. 우리는 아무렇지 않게 뒤에 앉아 있었지만, 아빠는 엄마가 가게 안으로 들어가기가 무섭게 우리에게 물었다.

“엄마 언제 오지?”

“방금 들어가셨어요.”

“……”

그러곤 5분도 채 되기 전에 또 물어봤다.

"엄마, 왜 안 오지?"

"아직 계산도 못 하셨을 거예요."

"……."

결국 큰언니를 부추기기 시작했다.

"도연아, 얼른 가봐. 엄마 무슨 일 있는 거 아니겠지?"

아휴, 한숨을 쉬며 차에서 내리는 언니를 따라 우리도 졸졸 내렸다. 혹여나 엄마가 무거운 거라도 들고 오실까 걱정하는 건지, 무슨 영화에서나 나올 법한 일이 생길까 봐 걱정하는 건지. 결국 엄마는 아주 가벼운 수세미 하나를 사 들고 오셨다. 우리가 엄마의 양 날개가 되어 빠르게 모시고 차에 오면 그제야 아빠는 웃었다. 아주 환하게.

아빠는 어릴 때 늘 혼자였다. 출근 시간이 늦은 만큼 퇴근 시간도 늦었던 아빠의 엄마, 그러니까 친할머니는 아침 시간에는 잠을 자느라 아들을 혼자 두었고, 일 나간 시간에는 그저 어쩔 수 없이 혼자 두었다. 단손에 아이를 키워야 했던 어머니의 마음을 알았던 걸까? 어린 시절의 아빠는 언제 올지 하염없이 엄마를 기다리다 지쳐 잠들기도 했고, 엄마가 힘들어서 떠나버리면 어쩌나

하는 불안감에 늘 사로잡혔었다고 했다. 혼자 집에 있기 싫어서 동네 어귀에 나가 저녁부터 밤까지 반짝반짝 빛나는 별을 바라보며 기다림의 긴 시간을 이겨냈다고.

어쩌면 엄마도 그런 아빠의 어린 경험을 알기에 뭘 사야 할지 미리 생각하고, 최대한 빠르게 사서 돌아오려고 했을까? 은퇴 후 두 분이 함께 사업을 시작했을 때도, 어떻게든 아빠가 걱정하시거나 불안해하지 않도록 늘 곁에 있으려고 했을까?

그래서 이해했다. 아빠는 엄마만 좋아하시는 것이 맞다고. 아빠는 엄마만 좋아해야 마음의 안정을 찾는다고 말이다. 그렇게 안정되고 나면 다시 딸바보가 되니까. 그거면 되었다.

02.
노란 리본에 사랑을 담아

"아빠! 왜 울어요?"

2층에서 노래를 듣다 잠시 간주가 멈춘 순간, 아래층에서 우는소리가 들었다. 으잉? 놀라서 내려가 보니 아빠가 1층 테이블에 앉아서 소리내어 울고 계셨다.

"엄마가 서울에 간대. 버스 타러 갔어. 엉엉"

잉꼬부부라고 소문난 엄마 아빠도 가끔은 다투셨다. 서로 존댓말로 서운한 걸 이야기하는 정중한 말다툼도 봤고, 찬바람 쌩쌩한 토라짐의 갈등도 지켜봤지만, 이번처럼 엄마가 친정에 가겠다고 집을 나선 모습은 처음 봤다. 여느 부부들처럼 다투셨다가도 금방 화해하고 커피 두 잔 타서 집 앞 바닷가 벤치에 앉아 데이트하는 낯간지러운 모습을 보이던 부모님이어서 두 분의 갈등은 언제나 에피소드일 뿐이었는데. 이번엔 좀 엄청난 사건이 있었던 것일까? 일단 아빠를 달랬다.

"아빠, 제가 엄마한테 전화해 볼 테니, 진정해 보세요. 울지 마세요. 엄마가 진짜 가시겠어요? 그냥 바람 쐬러 나가셨겠죠."

"아니야, 서울 간대. 가버린대. 엉엉."

결국 나는 엄마에게 전화했다. 터미널에 이미 도착했다 한다. 아빠 상태를 조곤조곤 설명해 드리니 아빠를 바꿔 달라고 했다. 엄마와 한참 동안 통화하시던 아빠는 전화를 끊고 갑자기 해맑게 웃기 시작했다. 수납장을 열어보고, 창고에도 들락거렸다. 역시나 평소처럼 잘 풀리셨나보다 싶어서 다시 방으로 돌아왔다.

손수건을 흔들면 님이 오신다기에
흔들었던 손수건 노란 손수건
뒤돌아보면 그리움에 고개 떨구고
뒤돌아보면 그리움에 울고 있겠지

세월 속에 빛이 바랜 님이 주신 노란 손수건

아빠의 목소리에 노래가 실려서 들려왔다. 이번엔 또 무슨 일일까? 궁금해진 발걸음을 재촉하며 아래층으로 내려갔다. 흥얼흥얼 노란 손수건 노래를 부르며 집 앞에 설치해 둔 파라솔에 무언가를 달고 있는 아빠.

"아빠, 뭐 하세요?"

"응, 엄마가 돌아온다고 해서 내가 노란 손수건 대신 노란 리본을 달고 있는 거야."

세상에 아빠는 정말 문학 소년이 아닌가. 노란 손수건 소설의 내용을 기억하고, 엄마의 무사 귀환을 기다리며 노란 리본을 달고 계셨던 거다.

"여보~!"

멀리서 발걸음보다 더 커다란 목소리로 아빠를 부르는 엄마의 목소리가 들렸다. 과연 아빠는 엄마와의 통화에서 어떤 말을 했던 걸까? 어떤 말을 했기에 단단히 마음먹고 통영의 시골 앞바다에서 서울 친정으로 돌아가려 했던 마음을 돌렸던 걸까?

아빠는 결국 무슨 말을 했는지 나에게 알려주진 않았
다. 그러나 서로를 바라보며 누가 먼저랄 것도 없이 달
려가서 꼭 안아주는 두 분의 모습을 가만히 지켜보는 내
얼굴엔 더 이상의 궁금증은 없었다. 그저 참 아름다워
보였다. 아빠와 엄마의 투닥투닥 말다툼도 귀여웠고, 두
눈동자 가득 서로를 담고 바라보는 모습도 사랑스러웠
다. 모든 걸 덮어두고, 그저 무사 귀환을 바라는 마음이
담긴 노란 리본. 그렇게 서로의 마음에 안착한 두 분을
보며 꽁꽁 이쁘게도 매어둔 노란 리본을 하나씩 풀었다.

03.
슈크림 빵을 닮은 아빠 손

빵순이, 떡순이, 빵떡순이라 불릴 정도로 빵과 떡을 좋아한 나는 그중에서도 특히 슈크림 빵과 고슬고슬 노란 알갱이 가루가 올려진 모찌를 좋아한다. 둘은 어쩌면 색감도 닮았고, 향도 비슷해서다. 언제나 빵집, 떡집에 가면 슈크림 빵과 모찌만 골랐다. 먹고 또 먹어도 질리지 않는 것이 입으로도 즐기는 맛 때문이기도 하지만, 아빠의 손과 닮았기 때문이었다.

아빠는 보통 사람들과 다르게 통통한 손을 가졌다. 게다가 주먹을 쥐면 어린 내 눈엔 사람 머리만 하단 생각이 들 정도였다. 커다란 손으로 '고사리 같은' 내 작은 손을 잡을 땐, 늘 조심조심 감싸안듯 포근히 잡아주었다. 든든하고 커다란 울타리 안에 조심히 작은 손을 넣어주는 느낌이어서 아빠 손을 잡고 다니는 걸 참 좋아했다. 내가 '손'에 관한 애틋함이 일상에서도 자주 나타나는 건 아빠의 영향 때문이기도 하다. 아빠의 든든한 손, 포근한 손, 주먹을 쥐면 통통하지만, 펼치면 새하얀 고운 손을 참 좋아하니까.

그런 아빠의 손에선 달콤하고 향긋한 바닐라 향의 슈크림 빵 향기가 났다. 일을 마치고 집에 오신 아빠의 손에서도, 씻고 나오신 아빠의 손에서도, 주무시는 아빠의 손에서도 그 향기만은 언제나 똑같았다. 어느 날 가만히 아빠 손을 잡고 있다가 말했다.

"아빠, 손에서 슈크림 빵 향기가 나요! 저 슈크림 빵 먹고 싶어요!"

"우리 막내딸이 좋아하는 슈크림 빵! 아빠가 바로 사 올게!"

늘 혼자 생각만 하다 처음으로 그렇게 말한 날, 아빠는 통영의 시골 마을 집에서 바로 차를 타고 읍내 제과점까지 가셨다.

생각 놀이만으로도 행복했는데, 손에서 슈크림 빵 향기가 난다고 말하는 것만으로도 좋았는데, 진짜 슈크림 빵을 내 눈앞에 한가득 가져다주시다니! 너무 행복했다. 봉지를 뜯자마자, 바로 먹기엔 너무 감격스러워서 한참을 빵을 쳐다보고 있으니, 아빠는 내 표정에 놀라서 말했다.

"왜… 그 빵이 아니야? 다른 거 사올까?"
"아니에요. 맞아요. 근데, 너무 좋아서요. 먹어버리면 사라지니까 아까워서요."
"아이고… 우리 공주님… 어떡해…."
함박웃음을 지으며 꼭 안아주셨다.
"언제든 우리 공주님이 먹고 싶다고 할 때마다 사 올게. 아니, 퇴근하면서 제과점에 들러서 슈크림 빵 매일 사다 줄게!"
그날 먹은 슈크림 빵의 맛은 정말 잊을 수 없었다. 향긋하고, 부드럽고, 입안에 감도는 느린 달콤함의 여운이란!

어린 시절, 아빠가 늘 사다주던 슈크림 빵을 어른이 되어서 다시 찾으려 했지만 쉽지 않았다. 제과점에 갈 때마다 슈크림 빵부터 살펴보는 건 버릇이 되어 버렸다. 이젠 더 이상 아빠 손을 잡고 슈크림 빵 향기가 난다고 말할 수 없고, 그럴 때마다 슈크림 빵을 사다 주실 아빠는 계시지 않기에 더 이상 똑같은 추억을 담은 슈크림 빵을 만날 수 없는 건지도 모른다.

그런데, 아빠가 떠난 지 20년이 지난 어느 날, 타임머신을 타고 간 느낌의 시골 빵집을 발견했다. 내부 인테리어도 딱 그 시절 그 느낌이었다. 슈크림빵의 모양은 예전과 달랐지만, 맛과 향기는 그대로였다. 눈시울이 뜨거워졌다. 아빠 손의 촉감이 맛으로 다가왔다. 아빠를 그리워하며 할 수 있는 일을 하나 더 찾아서 기뻤다. 슈크림 빵을 닮은 아빠 손을 떠올리며 추억을 되새기는 일! 오늘도 난 슈크림빵을 먹으며 아빠를 만났다. 참 좋았다.

교사는 되지 말라던 아빠였는데

언니가 교사에 대한 꿈을 말했을 때, 아빠는 바로 반대했다. 독일어과에 가서 독일어 교사도 생각하며 교직 이수에 대한 뜻을 비추자마자 보인 아빠의 반응이었다. 아빠는 참 부끄러운 선생님들을 만난 경험이 많았다. 돈이 없어 당해야 했던 설움이었다. 1960년대의 중학교에선 지금은 상상하기 어려운 일이 많이 있었다. 학교의 주요 재원인 공납금을 내지 않으면 학업을 계속하기가 힘든 시대였다. 대부분 교사는 학생들과 학부모를 설득해서 어떻게든 공납금을 내도록 부드럽게 대했을지 모르나, 아빠가 만난 선생님은 그러지 않았다. 모진 말을 하기도 했고, 돈을 안 낸 학생이란 꼬리표를 달아서 벌을 주기도 했다. 부산에서 서울로 전학 간 아빠에겐 더욱 서러운 경험이었을 거다.

부모의 안정적인 지원도 없던 시기였기에 아빠는 그렇게 힘겹게, 홀로 아르바이트하며 겨우겨우 돈을 모아 밀린 공납금을 냈다. 하지만 돌아온 건 당월 공납금에 대한 선생님의 채근이었다. 지옥 같았던 중학교 시절을 생각하면 치가 떨린다며 교사는 절대 되지 말라고 하셨다.

교사의 꿈을 품고 있던 내가 선뜻 내 꿈에 관해 말하지 못했던 것은 아빠에게 아픈 기억을 다시 떠올리게 하고 싶진 않았기 때문이었다. 하지만, 내가 학교에 다녀올 때마다 해맑게 웃으며 학교에서 있었던 일을 이야기하는 걸 보며 마음이 많이 누그러졌다고 했다. 그 시절에도 분명 좋은 선생님은 있었을 텐데, 아빠는 그런 선생님을 만나지 못한 것뿐이라고. 아마도 큰 딸과 둘째 딸의 학창 시절을 겪고, 막내딸까지 지켜보다 보니 좋은 선생님도 있을 수 있겠다고 생각했나 보다.

생각이 바뀌자, 아빠는 교사가 되려고 하는 나를 적극

적으로 돕기 시작했다. 입시 정보를 직접 알아보고, 입시 상담도 해주었다. 아빠 덕분에 알게 된 '사서교사'의 길을 걷게 되면서, 사범대학에 입학한 나는 정말 열심히 공부했다. 아빠의 기대와 나를 향한 사랑에 보답하고 싶고 꿈을 꼭 이루고 싶었기 때문이었다. 대학교 1학년 땐 일단 놀아도 된다는 선배들의 말을 귓등으로 흘려버리고, 다시 고3이 된 기분으로 공부했다. 기숙사에서 학과 건물로 다시 기숙사의 면학실로 이동하며 살았다.

점점 건강이 악화되던 아빠는 그 무렵, 장래를 인식했는지, 통영에서의 삶을 모두 정리하고, 고향 가까운 수도권으로 이사하셨다. 2주에 한 번은 집에 들렀던 나는 시험 기간이란 핑계로 한 달 동안 집에 가지 않았다. 그러던 어느 날 교양과목 실기 평가가 있던 날이었다. 아빠로부터 전화가 왔다.

"연이, 잘 지내고 있지?"

"네! 아빠 근데 제가 지금 시험 기간이라서요. 다음 주에 집에 갈게요!"

시험 기간엔 무조건 정해진 스케줄대로 살아야 했던 나는 몸이 편찮으신 아빠의 전화마저도 달갑지 않았다. 어차피 다음 주에 갈 건데 뭐. 안일했다.

시험은 잘 마무리했다. 그러나 아빠는 괜찮지 않았다. 밤늦게 울리는 전화벨 소리에 잠이 깼다.

"여보세요?"

"연이야, 아빠가… 혼수 상태야."

언니의 전화였다.

아, 아빠와의 마지막 대화에서 난 뭘 말하고 뭘 들은 걸까.

첫차로 아빠가 계신 병원으로 향했다. 아빠의 동공은 이미 초점을 잃었다. 나를 꼭 잡아주던 손에 힘이 느껴지지 않았다.

"아빠! 아빠! 죄송해요, 그날 오지 않아서, 꼭 교사가 돼서 아빠와 함께 만든 꿈을 이룰게요! 사랑해요, 아빠!"

모든 것이 멈춘 것 같던 아빠의 눈에서 또르르… 눈물이 흘렀다. 교사는 절대 되지 말라던 아빠였는데, 막내딸의 꿈을 지켜주기 위해 아픈 몸을 뒤로하고, 늦은 밤까지 입시 정보를 알아보던 아빠의 모습이 아른거렸다.

05.
죽음에 적응하는 3개월,
아빠의 흔적

아빠는 2000년 12월 1일 오후 8시 30분에 우리 가족의 곁을 떠나셨다. 투병 생활을 시작한 지 8년 만이다. 그렇다고 8년이란 세월 동안 아빠가 병상에 누워만 계신 건 아니었다. 갑자기 찾아오는 식도 출혈로 병원에 실려 가거나, 복수가 차서 생기는 어지럼증으로 쓰러져 앰뷸런스를 부르는 경우가 있었지만, 아빠는 집에서 일상을 보내길 원하셨다. 사랑하는 부인과 세 딸이 있었기 때문에 진통제에 의지하며 정신력으로 버텨오신 게 아닐까? 의사의 간청으로 병원에 입원한 적은 있었지만, 아빠는 병원에 그렇게 누워만 있다가 떠나기엔 해야 할 일이 아직 많다고 굳이 집으로 돌아왔다.

막내딸까지 대학에 보내고 엄마와 둘만 남은 아빠는 더 이상 외딴섬처럼 살아온 통영이란 곳에서 살 이유가 없다고 느꼈는지, 혹은 삶의 마지막을 예상하며 엄마 홀로 외딴 도시에 둘 수 없다고 생각했는지, 통영에서의 모든 흔적을 정리하고, 고향 가까이 이사했다.

사람은 태어나서 3개월까지가 삶에 적응하는 시간이라면, 죽기 전 마지막 3개월은 죽음에 적응하는 시간이라고 한다. 2000년 9월부터 아빠는 예전보다 자주 119로 실려 가셨다. 그래도 집에 있어야 잠을 잔다고 다시 집에 오곤 했다. 그러다 반짝 기운이 돌아오면 엄마의 걱정을 뒤로 한 채 혼자만의 시간을 가진다며 외출했다. 엄마는 언제든 상태가 안 좋은 것 같으면 바로 전화하라고 당부하면서도 짧은 외출 시간 동안 아빠가 하고 싶은 일을 하도록 했다.

그렇게 3개월이 지나고, 그해 12월은 유난히 시린 바람이 불었다. 투병 생활을 곁에서 봤지만, 막상 안 계신 걸 실감하기엔 아빠의 잔잔한 흔적이 곳곳에서 눈에 띄었다. 날이 더 추워지기 전에 자동차 점검을 받으러 간 엄마에게 정비소 기사님이 말했다.

"사모님, 지난달에 사장님이 오셔서 소모품까지 싹 다 갈고 가셨는데 모르셨어요? 다른 데 문제가 생긴 거예요? 사장님은요?"

당신이 떠난 후 엄마 혼자 자동차를 점검하러 가지도 못하고 겨울을 날까 봐 미리 정비를 해 둔 아빠.

엄마를 대신해 동네 마트에 식료품을 사러 갔다가 쌀 배달을 주문하는 나에게 직원이 말했다.

"저기, 여기 앞 동네 김 사장님댁 딸이죠? 쌀 배달 가려고 했는데, 또 주문하시게요? 지난주에 사장님이 20킬로 배달 예약하셔서 내일 가려고 했는데요?"

마트 직원이 보여주는 배달 예약서에 또박또박 쓰인 정성스러운 글씨가 보였다.

'쌀 20킬로, 계란 2판, 우유 1통, 오렌지주스 1통, 슈크림 빵 5개, 12월 15일 배달 부탁드립니다. 슈크림 빵은 당일 만든 것으로 꼭 보내 주세요.'

점점 아빠의 글씨가 희미하게 번지더니 눈물이 떨어진 자리에 돋보기처럼 물방울 속의 글자가 커다랗게 다가왔다.

'슈크림 빵은 당일 만든 것으로…'

언제나 가족을 먼저 생각하던 분이었다. 당신의 아픔

보단 가족의 아픔을 먼저 발견했고, 한발 앞서 가족이 아프지 않게 할 수 있는 한 튼튼한 울타리를 만들어 주려고 노력했던 분이었다. 간경화 말기의 고통 속에서도 내가 기억하는 아빠는 한 번도 아프다고 인상 쓰거나 슬퍼하지 않았다. 늘 웃으셨고, 늘 따스했다. 정신을 잃고 쓰러지던 순간 외에 자기 의지를 보일 수 있는 모든 순간엔 미소를 잃지 않으셨다.

그런 아빠가 가족을 떠나야 하는 순간을 이미 아셨던 걸까? 그래서 그렇게 하나씩 준비해 둔 것일까? 조용히 죽음에 적응하는 마지막 3개월마저 당신이 떠난 이후의 삶에 가족들이 잘 적응할 수 있도록 가장의 역할을 하신 것일까? 아빠가 떠나신 지 20년이 넘었지만, 여전히 내 마음속엔 살아 계시다. 아빠의 미소가 살아있고, 따스함과 친절함이 살아있다. 우리 가족의 마음 깊이 뿌리내려 두신 아빠의 흔적 덕분에 오늘도 하늘을 바라보며 조용히 가슴에 손을 대어 본다. 아빠의 온기를 잊지 않으려고.

06.
만루홈런, 막내딸!?

아빠가 떠나신 지 3년이 되던 해에 나는 대학교 4학년이 되어 임용고사를 봤다. 전국의 대학교 중에서 사서교사를 전문적으로 양성하는 사범대학 소속의 문헌정보교육과가 있는 곳이 '공주대학교'라며 대학 정보를 보여주시던 모습이 아른거렸다.

우리 과에서는 매년 사서교사 TO가 있는 지역을 펼쳐놓고, 어느 지역으로 시험에 응시할지 재학생과 재수생이 모여 이야기 나눈다. (2003년 당시는 확실히 그랬다.) 처음엔 대학교 가산점을 고려해서 충청도 지역으로 시험을 볼까 했었지만, 내가 가진 TOEIC 성적 가산점을 인정받을 수 있는 인천으로 시험 보는 게 더 낫겠단 생각을 했다. 아빠가 떠나신 후 가정 사정을 고려하면 나에겐 '재수'란 꿈꾸기도 어려웠다. 무조건 한 번에 합격해야 했다. 최대한 가산점을 많이 받을 수 있는 지역이면서 가족과 가까이 지낼 수 있는 곳은 바로 인천이었기 때문이다.

하지만, 당시 인천에서는 단 한 명의 사서교사만 선발했다. 1명이란 공고문을 보고 대학 동기들과 선배들은 조용했다. 이를 악물고 당당히 손 들었다.

"교수님, 제가 인천 지역으로 시험 보겠습니다!"

그러자 아무도 나서지 않았다. 2004학년도 교원 임용고시 인천 지역으로 응시하는 사람은 내가 아는 한, 우리 과 동기나 재수하시는 선배는 없었다. 그때부터 시험을 위해 정리하고 있던 요약 노트의 표지에 이렇게 크게 적어두고 공부했다.
"나는 인천광역시 제3호 사서교사다!"

인천의 초·중·고를 합쳐서 난 세 번째 사서교사가 되었고, 중학교 기준으로는 제1호 사서교사가 되었으니까.

시험 전날 엄마와 함께 시험장 근처 호텔에서 숙박했다. 누군가 인천 지역 임용고사를 보기 전엔 OO탕을 꼭 먹어야 한다고 말했는데, 그저 듣고 흘리기에는 내가 너무 간절했다. 저녁 식사로 OO탕을 맛있게 먹고, 마무리 공부를 한 후 다음 날 시험장으로 향했다.

'2004학년도 인천광역시 공립 중등학교교사 임용후보자 선정경쟁시험'이라 적힌 플래카드가 교문 앞에 걸려 있었다. 마음이 뜨거워졌다. 아빠가 지금 곁에 계신다면, 이런 말씀을 하셨을 것 같았다. "연이야, 우리 딸 그동안 잘 해왔으니 차분하게 최선을 다하고 나오렴!" 그래. 분명 그랬을 거다. 아빠의 목소리가 귓전에 울리는 느낌이었다.

시험 시간이 어떻게 지나갔는지는 기억나지 않는다. 감사한 건 1차 시험에 합격했다는 것. 겨울 방학 중이었지만, 대학교 기숙사에 머물며 친구들과 2차 면접을 준비했다. 대부분의 동기가 전국으로 지역을 나눠서 시험 봤기에 우린 거의 다 합격했다. 팀을 나눠서 면접 예상 질문을 만들고, 서로의 면접관이 되어 주기도 하며 마지막 에너지를 쏟았다.

시험 전날과 당일 있었던 에피소드는 미신 같지만 참 기분이 좋아서 늘 입에 달고 말한다. 우리 집 강아지가 거실에 싼 똥을 모르고 밟은 것. 모르고 밟은 똥은 운이 좋다는 미신을 알고 있었지만, 막상 그렇게 밟고 나니 왠지 기분이 좋아졌다. 시험이란 건 99%의 실력과 1%의 운이 따라야 한다는 걸 알기에. 게다가 면접하러 가는 길에도 신기한 경험을 했다. 내가 타야 하는 버스가 100번이었고, 무심코 차창 밖을 바라보는 내 눈에 들어온 버스 번호는 1111번이었다. 그때는 그냥 여기저기 왜 다 '1'과 관련된 숫자만 보이지? 싶었는데, 최종 합격을 하고 나서야 합격 에피소드란 생각이 들었다. 단 한 명만 선발하는 인천 교원 임용고사에서 1등으로 합격했으니까 말이다.

물론 이런 이야기는 합격했으니 웃으며 떠올리는 거지

만, 내 간절함이 더해진 꾸준한 노력에 대한 결과란 확신에는 변함이 없다. 나의 대학교 생활은 고3 수험생 생활보다 더 빡센 시간이었으니까. 아빠의 빈 자리를 내가 채워야 한다는 책임감에 사로잡혀 있었던 시기였으니까.

엄마는 그때를 떠올리며 나에게 이런 말을 했다.

"우리 막내딸은 만루홈런이야. 아빠가 만루홈런으로 셋째를 낳자고 했고, 세 명은 있어야 둘 사이의 갈등이 생겨도 중재할 사람이 생기는 거라고 하셨거든."

아빠는 엄마의 꿈에도 나타났다고 했다. 최종 합격을 한 후에는 이런 말도 하셨다.

"너 시험 보러 가기 전날, 아빠가 꿈에 나와서 쌀 한 포대를 집 안에 들여다 놓고 가시더라. 그냥 꿈일 수도 있지만, 네가 이렇게 합격하니 참 고맙구나."

어린 시절 아빠와 함께 별을 바라보며 웃음꽃을 피우던 순간이 파노라마처럼 지나갔다. 합격증과 발령통지

서를 들고 달려가서 마구 자랑하고 칭찬받고 싶었는데,
사진만 하염없이 바라봤다.

"아빠, 꿈이 뭐예요?"
"우리 딸이 좋아하는 일을 즐겁게 하며 사는 모습을
보는 거!"
아빠의 목소리가 들리는 듯했다.

그래서일까? 아빠가 돌아가신지 25년이 지났지만, 언
제나 곁에 계신 기분이다. 사진 속 아빠를 보며 말했다.
아빠의 만루홈런 막내딸이 드디어 사서교사가 되었고,
이제는 '꿈을 노래하는 학교도서관'을 운영하며 즐겁게
살고 있다고.

제2장

학교도서관을 품은 아이들과 사서교사

바람에 흔들리지 않는 연이

하아, 오늘도 퇴근 시간이 저녁 9시를 훌쩍 넘겼다. 쌀쌀한 바람이 여전한 3월. 사서교사가 된 지도 벌써 3년째다. 아빠와 함께 정한 세 번째 별을 꿈꾸며 대학 생활을 마치고, 임용고사를 패스하기까지는 꿈을 향해 나아간다는 기대감이 나날이 커졌다. 하지만, 학교란 곳에 와 보니 생각했던 것과는 다른 부분도 꽤 많았다. 따스한 듯하지만, 시린 꽃샘추위의 봄처럼.

학생들과 어떤 책으로 무슨 활동을 하면 좋을지 고민하느라 책을 살펴보고 있을 때, 도서관 문이 열리더니

한 선생님이 빼꼼 쳐다봤다.

"어머, 선생님! 어서 오세요! 필요하신 자료가 있으세요?"

밝게 웃으며 맞이했는데, 떫은 미소를 지으며 다가왔다.

"아유~ 쌤은 좋겠다. 시험문제 낼 일도 없고, 책 읽을 시간도 있고."

그 표정과 말투 뒤에 가려진 의미가 무엇인지 알 것 같았다. 사서교사에 대해 잘 모르고 하는 말이란 걸 머리로는 알면서도 마음은 이미 상했다. 해명하고 싶었으나 뭐라고 한들 들을 마음이 없어 보였다. 잠시 후면 학생들이 올 시간인데 마음을 추스르는 데에는 하늘을 쳐다보는 것만큼 좋은 건 없었다. 유난히 구름이 많이 낀 하늘이 성큼 다가온 기분이었다.

"딩-딩-디리리리링~."

쉬는 시간을 알리는 종이 울렸다. 마음을 가다듬고 돌아서려는데 교실에서부터 질주했는지 숨을 몰아쉬며 뛰어 들어온 아이들이 크게 외쳤다.

"연이쌤, 연이쌤, 우리 왔어요! 아니 송이가 국어 시간에 시 쓰기를 하는데, 도서관에 관해 썼대요! 한번 읽어봐요, 진짜 잘 썼어요!"

아이들은 이제 담임선생님만큼이나 날 따랐다. 자기 이야기를 들려주려고 쉬는 시간이 되길 기다렸단다. 한 때는 나도 아이들과 시 쓰는 수업을 해보고 싶었는데, 이럴 때면 잠시 아빠에게 미안하게도 국어교사 같은 교과교사가 아닌 게 좀 아쉬웠다. 국어교사였다면 동료에게 그런 말을 들을 일도 없었겠지. 하지만, 그 마음도 잠시, 도서관에 찾아온 아이들의 이야기 속에 파묻혀 있으면 상했던 마음이 점점 아물어갔다.

'아빠, 잠시나마 아쉬워해서 미안해요! 사실, 아직은 좀 더 적응해야겠지만, 그래도 아이들과 함께하는 순간은 사서교사로서의 삶이 좋아요.'

창문으로 들어온 바람이 귓불에 스치자 마치 아빠의 토닥임 같아서 나도 모르게 속엣말을 하고 있었다.

"연이쌤, 너무 잘하려고 하지 마. 아무도 안 알아줘. 오히려 자기가 잘하면 일만 늘어나."

신규 교사가 되고 열심히 뭔가 하려고 할 때마다 10년 이상 경력이 많은 분이 이런 말을 했다. 마음이 무거웠다. 정말일까? 잘하려 해선 안 되는 걸까? 이해하기 어려웠다. 그리고 그 말의 의미를 얼마 안 가 깨달았다. 도서관의 다양한 프로그램이 좋다고 칭찬하던 부장 선생님은 어느 날 보고서를 달라고 하더니, 실적 보고서에 자기 이름으로 냈다. 허탈했다.

교원 평가가 시작되었을 때, 평가 기준을 마련하는 회의가 끝나자 한 선생님이 다가와서 말했다.

"사서교사는 어쩔 수 없잖아요. 비교과교사니까. 점수를 높게 못 받아도 이해해요."

왜일까? 왜 그래야 하는 걸까? 질문해도 누구 하나 신경 쓰지 않았다. 그럴 땐, 정말 지금 내가 하는 일이 교육 활동이 아니고 무엇인지 혼란스러웠다.

신기하게도 그때마다 아이들은 마치 힐링 센서라도 울린 듯, 나를 위로했다.

"쌤, 오늘이 도서부 이름 정한 기념일인 거 알죠! 우리 같이 축하해요! 도서부를 위한 쌤이 되어주셔서 감사해요! 저희가 롤링 페이퍼도 썼어요!"

멍하니 자리에 앉아 있던 나는 갑자기 도서관 불이 꺼짐과 동시에 촛불이 아른거리는 케이크를 들고 오는 아이들의 모습에 깜짝 놀랐다.

'연이쌤, 오늘 수업도 정말 재밌었어요! 저, 선생님 덕분에 꿈을 찾았어요. 좋은 책 많이 추천해 주시고, 다양

한 독서 행사도 열어 주셔서 감사해요! 뜬금없지만 그냥 편지 쓰고 싶었어요!'

어떨 때는 아이들이 내 책상에 두고 간 작은 쪽지를 발견하곤 했다. 그때마다 어른들의 잣대에 휘둘리지 말고 내 자리에서 최선을 다해야 한다는 걸 깨달았다.

그래, 아무리 내 실적을 가져가도, 나와 우리 아이들의 끈끈한 우정까진 가져갈 수 없지! 아무리 내가 하는 수업을 인정하지 못한다 해도, 아이들이 인정해 주면 된 거지! 그렇게 다시 훌훌 털고 일어섰다.

아이들만 바라보기 시작하자 학교생활이 달라졌다. 예전 같으면 상처받아서 울상이 될 법한 일에도 담담할 용기가 생겼다. 앞에서는 칭찬하지만, 뒤에선 일만 벌인다고 싫은 내색 가득한 사람. 교과교사가 아니라고 대놓고 무시하는 사람. 새로운 독서 프로그램을 시작하자 입시에 반영되지 않으니 에너지 소비하지 말라고 걱정하는 척 힘 빠지게 하는 사람. 그래, 마음껏 생각해 보라지. 그래도 난 내 일을 할 테니까.

시선을 아이들에게 온전히 돌렸다. 그러자 내가 보고

듣고 경험하는 모든 순간에서 아이들과 함께할만한 재미있고 유쾌한 아이디어를 찾는 일이 점점 즐거워졌다. 아이디어가 떠오르면 머릿속에 그림이 샤샤샥 그려졌다. 두 눈이 커다랗게 떠졌고, 입꼬리가 내려오지 않았다. 얘들아, 우리 이거 해볼까! 멈출 수 없었다. 아이들도 호기심 가득한 얼굴로 함께 해주었다. 그런 날이면 밤하늘의 별이 유난히 더 밝아 보였다. 내가 이 일을 좋아할 줄 알았다는 아빠의 미소 같았다.

"아빠, 이거였어요. 제가 잘하는 걸 더 잘할 수 있는 일. 고마워요, 아빠!"

01.
보이는 라디오,
책 읽는 소녀들

"자기의 옳지 못함을 부끄러워하고, 남의 옳지 못함을 미워하는 마음. 맹자는 인간의 본성이 착하다고 보았지만, 수오지심이 없으면 사람이 아니라고 했네요. 군왕에게 부끄러워하는 마음이 없으면 신하와 백성에게 모질게 굴어 하늘의 이치를 어기게 된다고 했네요. 이렇게 되면, 천 명이 떠나간다고도 했습니다. 의롭지 못한 일을 부끄러워하고 미워하는 마음, 특히 지도자에게는 필수적인 덕목인데요. 누추한 옷차림이 부끄러운 것이 아니라 누추한 생각이 부끄러운 거겠죠. 안녕하세요! 책 읽어주는 사람, 백○○입니다."

KBS1 라디오 방송 중에는 '보이는 라디오 책 읽어주는 사람들'이란 프로그램이 있었다. 매주 금요일은 청소년들과 함께하는 시간으로 운영되었는데, 첫 근무지였던 부원여중에 있을 때 도서부 학생들과 함께 출연할 기회를 얻었다. PD님이 어떤 책을 소개하고 싶냐고 물어보셨을 때, 서슴지 않고 당시 가장 인상 깊게 읽은 신경숙 작가의 장편소설 『엄마를 부탁해』라고 말했다. 도서부 학생들을 모두 데려갈 순 없었다. 아쉬웠지만, 도서부장과 차장을 포함해서 4명만 데리고 갔다. 함께 책을 읽고, 낭독할 부분을 정하고, 인상 깊게 읽은 이유도 말할 준비를 했다.

사전 녹화를 통해 진행되는 프로그램이라 조금 실수해도 괜찮다고 아이들을 다독였다. 하지만 생전 처음 방송국에 가본 아이들은 입구에서부터 들뜬 목소리로 사방을 둘러보느라 정신이 없었다. 게다가 백OO 아나운서를 눈앞에서 보자 아이들은 환호성이었다. 차분하고 우아하고 낭랑한 목소리에 반해버린 아이들. 그렇게 호들갑 같은 귀여운 발랄함을 마구 풍긴 덕분에 스튜디오 안에선 화기애애한 분위기로 녹음을 진행할 수 있었다.

“이 책은 신경숙 작가가 어머니와 함께한 밤, 어머니로 부터 어머니의 이야기를 들을 수 있다는 행복감에 젖어 쓰게 되었다는 책입니다. 평생 가족을 위해 모든 것을 내어주고 정작 자신은 하나씩 사라져 갔던 엄마에 대한 이야기를 담고 있습니다. 생일상을 받으러 상경한 노모의 실종을 주제로 결국 가족들의 기억 속에 잊힌 아니 잃어버린 엄마에 대한 기억을 하나씩 풀어나가며 끝없는 회한과 반성으로 이어지는 책입니다. 자칫 엄숙하고 우울한 소설로 비칠 순 있지만, 우리의 생활 속에서 엄마라는 존재의 소중함을 깨닫고 더 늦기 전에 엄마를 마음속에 따뜻하게 품어보는 시간을 갖게 만드는 책입니다.”

책을 소개하는 내 목소리로 방송은 시작되었다. 백OO 아나운서는 아이들이 준비한 낭독 부분을 간단히 소개한 후 낭독과 소감을 말하는 순서로 진행해 주었다.

당연하다고 생각해서 소중함을 잊고 있었던 엄마의 사랑을 생각하고 마음이 아팠다는 왕O진 학생의 낭독, 나를 잃어버릴 정도로 가족을 위해 모든 것을 바친 엄마를 생각하고 엄마는 그렇게 희생적인 존재구나 하는 생각이 들었다는 박O현 학생의 낭독, 엄마가 외삼촌을 보며 '오빠!'하고 뛰어가는 모습을 보면서 엄마라는 사람도 누군가의 여동생이란 사실을 깨닫는 장면이 인상적이었다는 박O민 학생의 낭독, 그리고 피에타 상 앞에 무릎을 꿇고 기도하는 큰딸이 '엄마를, 엄마를 부탁해.'라고 말하는 모습에서 우리 모두의 소망을 느낄 수 있었다는 박O진 학생의 낭독까지 차분하면서도 울림이 있는 책 이야기로 이어졌다.

『엄마를 부탁해』란 책은 나에게도 참 의미 있는 책이었다. 나의 엄마를 많이 생각했던 해였고, 나도 한 아이의 '엄마'가 된 해에 만난 책이었기 때문이다. 우리 학생들은 책을 읽으며 '엄마가 어떤 존재인지, 어머니로서, 아내로서, 그리고 한 여자로서 어떤 인생을 살아왔는지 다시 한번 생각하게 되었다.'는 소감을 말해주었는데, 이 책을 우리 아이들에게도 권하고 싶었던 이유가 그대로 전해져서 좋았다. 마지막으로 시청자들에게 책 추천 이유와 책의 소중함을 전하며 방송을 마무리했다.

"세상에서 가장 편하게 부를 수 있는 이름, 엄마. 나를 가장 잘 알고, 나를 가장 잘 이해해 주시는 엄마이기에 오히려 엄마를 힘들게 하는 일이 생기는 것 같아요. 너무 흔하면 소중함을 잊고 지내기도 하는 것 같습니다. 우리 아이들이 이 책을 읽으며 잊힘이 어떤 의미인지 소중함이 어떤 의미인지 깨달을 수 있길 바라는 마음입니다.”

“책은 다른 매체보다 우리 아이들의 생각을 키워주고 또 상상의 나래를 펼치게 해줍니다. 또한 책 속 주인공과 관계를 맺으며 ‘나’를 알 수 있고, 또 ‘너’를 이해할 수 있겠죠. 그런 의미에서 책은 우리 아이들이 현실에서의 지친 마음을 달래고 즐거움을 얻을 수 있도록 도와주는 최고의 벗입니다.”

사서교사로서 누군가에게 책을 추천하고 소개하는 일이 종종 있다. 블로그에 남기거나 학생들에게 직접 말하거나. 그런데 이렇게 정규 방송에서 생생한 목소리로 독서 감상을 공유하고, 추천하는 메시지를 전하는 경험은 정말 귀했다. 무엇보다도 함께했던 우리 학생들에게도 이 책은 기억에 남는 좋은 책 중 하나로 자리 잡고 있지 않을까? 이제는 ‘보이는 라디오, 책 읽는 사람들’이란 방송이 사라졌다. 학생들의 목소리로 직접 전해 듣는 책 이야기가 언젠가 다시 들려오면 얼마나 좋을까. 오래 전 녹화한 방송이지만, 여전히 가끔 이 책이 떠오를 때면 우리의 모습을 열어본다. 생생한 목소리에 담긴 독서 감상이 그때와 똑같이 전해졌다. '보이는 라디오 책 읽는 사람들, 오늘은 인천 ○○여중 김리하 사서 선생님과 학생들이 함께합니다.'라고 말하는 소리에 귀를 기울이고 싶어졌다.

도서부와의 독서 여행은
어디든, 뭘 하든 좋아!

"쌤! 올해는 어디로 여행 가요?"

사서교사가 되어 좋은 점은 도서부 학생들과 테마 여행을 다닐 수 있다는 거다. 독서 캠프란 이름으로, 독서 여행이란 이름으로. 아이들은 도서부 활동을 하며 가장 기억에 남는 게 바로 1박2일 도서부 여행을 가는 거라 했다. 신규 교사였을 때부터 어떻게든 예산을 아껴서 아이들과 책을 테마로 여행했다. 서울로, 남이섬으로, 수원으로, 옥천으로, 공주로, 전주로. 그러다가 코로나19로 함께 여행하기 어려울 때는 학교에서 독서 여행을 즐겼다.

책이란 건 지니의 램프 같은 거다. 책과 연결 지으면
무엇이든 독서 여행 테마를 만들어낼 수 있었으니. 황순
원의 '소나기'를 읽고, 양평으로 떠난 독서 여행. 박상하
의 '리더십 수원화성에 묻다'를 읽고, 수원으로 떠난 독
서 여행. 한만수의 '활 – 남이장군 이야기'를 읽고, 남이
섬으로 떠난 독서 여행. 정지용의 '시 선집'을 읽고, 그의
생가가 있는 충북 옥천으로 떠난 독서 여행. 그리고 친
구이자 동료인 사서교사와 함께 청소년 성장소설을 활
용한 학교 연합 독서 캠프까지. 그렇게 아이들과 함께한
여행에선 꼭 보물 같은 추억이 쌓였다.

남이섬은 평소 고층 건물로 둘러싸인 OO 고등학교에
서 하루의 대부분을 보내는 남학생들에겐 자연의 품속
으로 들어가게 하는 장소였다. 남이 장군의 가묘가 있을
정도로 그의 죽음을 애석해한 사람들의 마음도 생각해
보고, 남이섬의 다양한 나무의 종류도 살펴보는 게 독서
여행의 무늬라면, 알짜는 바로 다양한 체험이었다. 풀로
종이를 만들기 위해 남고생들이 앞치마를 두르고 풀을
찧어서 말리는 모습을 보는 것만으로도 카메라를 든 내
얼굴은 싱글벙글했다.

"쌤도 같이 만들어요! 이거 풀이 잘 안 펴져요!"

빨간 고무장갑을 끼고 잘 찧은 풀을 펴서 말리는 판에 이리저리 뭉텅이로 만들어 둔 채 날 보며 투정 부리는 아이들이 그저 귀엽기만 했다. 힘들게 체험한 아이들을 위해 남이섬 자전거 투어도 하게 했는데, 자전거는 나에게 출발은 어렵고 멈추기는 힘든 이동 수단이었다. 결국은 아이들이 내 자전거 속도에 맞춰서 타느라 제대로 섬의 풍경을 즐기지 못하게 한 건 좀 미안했다. 하지만, 다양한 포즈로 사진 찍는 걸 좋아하는 내 요구에 무심한 듯하면서도 결국은 멋진 포즈를 취해주는 소년들 덕분에 남이섬 추억의 앨범도 완성되었다. 펜션에서 즐기는 미니 수영장에서의 풍덩풍덩 물놀이도, 바나나 보트를 타는 아이들을 진두지휘하며 마음껏 빠뜨려 달라고 하고는 어푸어푸 구명조끼에 의지한 채 물벼락을 맞는 아이들을 신나게 구경하는 순간까지 내 소중한 추억 앨범에 잘 간직하고 싶은 순간들이었다. 아이들은 가끔 내 허당끼를 발견하고 나와 거리 두기를 하기도 했다. 남이섬에서의 마지막 아침 산책을 즐길 때였다. 다리가 길고 털이 있고, 목이 길고 머리가 앞을 향해 있고, 성큼성큼 달리고, 결정적으로는 새인데 날지 못하는, 희한한 동물이 내 눈앞에 보였다. 놀라움과 신기함이 교차 되며 아이들에게도 빨리 알려주고 싶어서 크게 외쳤다.

"얘들아, 이것 봐!"

아이들은 내가 본 것을 발견하고 우와~ 하면서 달려왔다.

"얘들아, 낙타 좀 봐! 낙타가 있어!"

하지만, 뒤이은 말에 순간 걸음을 멈추더니 손을 이마에 짚었다.

"아, 쌤! 쪽팔리게 저게 무슨 낙타예요. 사람들이 쳐다봐요. 야, 우리 쌤 모른척하자. 빨리 고개 돌려, 돌려. 타조 보고 낙타래."

아니, 어쩌다가 버젓하게 걸어가는 타조를 보고 낙타를 떠올린 걸까? 나도 내가 우스웠는지 한참을 깔깔거렸다.

"얘들아 아니 내가 왜 이러지? 낙타가, 아니 타조가 왜 낙타로 보이냐. 야, 니들 이럴 거야? 일루와, 쌤이 쪽팔린다 이거지!"

스무 명 가까이 되는 남고생들은 어디로든 숨고 싶다며 커다란 덩치에 고개만 돌린 채 계속해서 나를 놀렸다.

"쌤, 우와! 진짜 낙타네요? 날개도 있어!"

아이들은 주변을 둘러보며 덩달아 웃는 사람들에게 꾸벅 인사하며 말했다.

"네네, 어서 가시던 길 가세요. 우리 쌤이 잠시 착각하신 거예요. 절대 어디 아프신 거 아닙니다."

또 다른 아이들은 이제야 내 약점을 찾았다며 남이섬을 떠나는 내내 놀렸다.

"낙타엔 혹이 있지요. 타조에겐 날개가 있고요. 아! 저 타조는 날개가 좀 커 보이네요. 울 쌤은 그래서 혹으로 보이나 봐요!"

아이들은 호탕하게 웃으며 얼굴이 빨개진 내 주변을 보디가드처럼 둘러쌌다.

"여러분, 우리 쌤이 부끄럽대요. 여기 보지 말아 주세요. 여기 우리 쌤 없어요!"

03.
우리 도서관은 학교 안에 있지만,
버스 한 정거장 거리에요.

'학교도서관에서 본관까지 버스 타고 한 정거장만 가면 됩니다!'

이게 무슨 말일까? 학교 울타리에 안에 있는 도서관인데, 정말 도서관 쪽 후문에서 버스를 타면 한 정거장 가서 본관 정문이 나온다. 일반적으로 버스 한 정거장의 평균 거리가 500m라고 하니 부지가 넓은 곳에선 충분히 정문과 후문 사이에 버스 정류장이 생길법하다. 내가 근무했던 인천고등학교가 바로 그런 곳이었다. 요즘은 전자결재가 가능하지만, 당시만 해도 대면 결재를 받아야 했던 시기여서 교감, 교장선생님을 뵈러 본관까지 가려면 산책하는 마음으로 운동장을 가로질러 갔다. 하지만, 고등 야구부로 유명한 인천고에선 자주 운동장을 가로지르지 못하도록 막아놔서 테두리 산책로를 따라 걸어가야 했다. 여유가 있을 때는 오른쪽으로 올라갔다가 결재받고 왼쪽으로 내려오며 나름 자연을 느끼곤 했지만, 날씨가 따라주지 않을 때는 그것도 참 쉽지 않았다. 차를 몰고 후문을 나가 정문으로 들어갈 때도 있었다. 그러다가 문득 발견한 버스 정류장.

'같은 학교에서 버스를 타고 본관에 갈 수도 있네!'

신기했다. 그래서 도전해 보고 싶었다. 정말 버스 타고 결재받으러 가볼까? 궁금한 건 참지 못하고, 호기심이 발동하면 일단 해봐야 직성이 풀리는 나는 교통카드와 결재판을 들고 버스를 탔다. 어차피 한 정거장이니 아무거나 타도 되는 것. 도전했다. 오호! 신기하고 재밌는 경험!

띡-. 800원 버스 요금이 찍히는 소리를 들으며 문 앞 손잡이를 잡고 섰다. 느릿느릿 흔들리는 버스를 느끼며 학교 벽을 따라 늘어선 가로수의 평온함을 바라보는 버스 여행도 잠시, '다음 정거장은 인천고등학교 정문, 인천고등학교 정문입니다. 내리실 분은 하차 벨을 눌러 주세요.'라는 방송이 들렸다.

'삐익-.'

당차게 하차 벨을 누르고 서 있으니, 약간의 시선이 느껴졌다. 아마도 사람들은 저 사람이 버스를 잘못 탔나 보다고 생각하겠지? 아니면 한 정거장도 안 걸어가고 탄다고 생각하려나? 뭐, 와중에도 낭만적인 사람들은 버스 여행 즐겼나 보다고 생각할테지. 혼자 이런저런 생각을 하며 버스에서 내렸다. 마치 이제 막 출근한 사람처럼 학교 안전 지킴이 선생님께 인사했다. 슬리퍼를 신고, 가방도 없이 결재판만 들고 출근하는 사서쌤을 희한하게 바라보는 안전 지킴이 선생님의 갸우뚱한 표정이 재밌어서 설명해 드렸다.

"아, 결재가 급한데, 저기 운동장이 막혀서요. 버스 타고 왔어요!"

그러자 안전지킴이 선생님은 여기 근무한 이래 별관에 근무하는 사서쌤이 버스 타고 본관에 오는 건 처음 봤다며 호탕하게 웃었다.

그렇게 외딴곳에 뚝 떨어진 학교도서관이지만, 즐겁고 행복한 추억이 가득한 이유는 비단 거리와 버스 에피소드 때문만은 아니었다. 남고생들을 도서관으로 끌어들이기 위해 실시한 '하루 15분 꿈 찾기 독서 운동'에서 보물 같은 학생을 발견했기 때문이다. 매일 도서관에 와서 일정 부분 원하는 책을 읽고, 한두 줄 정도로 인증하는 글을 남기는 독서카드를 작성해 두면 확인 도장을 찍어주는 독서 운동이었다. 날씨가 좋을 땐 매일 평균 30명은 참여했지만, 그렇지 않을 땐, 눈에 띄게 참여자 수가 줄었다. 그렇지 않아도 먼 도서관이라 각종 상품을 걸어도 학생들을 유인하기가 쉽지 않았다. 그런데 한 학생이 눈에 띄었다. 눈이 오나 비가 오나 바람이 부나 그 학생은 점심 식사 후 꼭 도서관에 와서 독서 운동에 참여한 후 가볍게 도서관 앞 마당에서 친구들과 농구하며 시간을 보내는 루틴을 즐겼다.

내가 근무했던 2년 동안 빠짐없이 거의 매일 도서관에 왔고, 독서 운동에 참여했다. 나처럼 버스를 타고 오진 않았으나, 튼튼한 두 다리와 즐거운 마음과 행복한 미소를 장착한 채 도서관 문을 열며 "쌤! 안녕하세요! 저 왔어요!"라고 하면 하루 중 가장 중요한 이벤트가 완성되는 기분이었다. 그 아이를 기다리며 오전 내내 도서관을 정리하고, 수업하고, 행사를 준비했다 해도 과언이 아니다. 외딴 도서관 건물이라 아무도 찾아오지 않아서 느낄 법한 외로움을 달래준 아이였고, 그 아이 덕분에 함께 따라온 친구들은 도서부가 아님에도 도서부에 준하는 즐거움을 안겨주었다.

　버스 한 정거장 거리의 학교도서관이지만, 제 집처럼 편하게 매일 드나들던 그 아이는 그해 겨울 인천광역시 독서교육대상 우수 학생 표창장을 받았고, 나와 함께하는 공개토론에서도 멋지게 토론 참여자로 활동했다. 원하는 대학에 합격했다며 나에게 가장 먼저 감사 인사를 해준 고마운 학생이었다. 그리고 여전히 멋지고 훌륭하게 살아가며 가끔 안부를 전하는 청년이 되었다.
　학교도서관은 그렇게 거리가 중요한 것이 아닌 책과 도서관을 사랑하는 마음을 가진 사람이라면 환경을 즐기며 오히려 가장 소중한 공간으로 기억할 수 있다는 걸 그 아이와 함께 다닌 인천고등학교에서 깨달았다.

04.
마녀의 레시피

나는 담임 경력 4년 6개월을 가진 사서교사다. 처음엔 갑자기 휴직하는 중3 담임선생님 대신 6개월간 담임을 해봤는데, 사서교사가 되면서 한 가지 아쉬움을 내려놔야 했던 게 바로 '담임 역할'이었기에 6개월만으론 부족했다. 그래서 교감선생님을 설득해서 3년 더 중1 담임을 맡았다. 열정과 에너지가 가득한 신규 시절이어서 가능했다. 그러고는 6년 만에 의도치 않게 남중 1학년 담임을 하게 되었다. 처음엔 정말 싫었다. 학부모 총회가 있기 전날 밤, 어느 학부모에게 전화가 왔는데, 교과교사도 아니면서 담임을 어떻게 할 거냐는 일종의 항의 전화였다. 신규 때도 종종 이런 전화를 받긴 했다. 당시엔 상처받아서 펑펑 우는 일밖에 못 했지만, 이젠 나름 10년 이상의 경력을 가진 상태였다. 당당하게 나도 학부모에게 항의했다.

"아! 어머니, 그렇게 생각하시군요! 그렇지 않아도 제가 담임 하기 싫어서 교장선생님께 몇 번을 말했는데도 안 바꿔주시더라고요. 잘됐네요. 어머니께서 내일 오셔서 직접 말씀 좀 해주세요. 저 진짜 담임 하기 싫거든요."

그러자 그 학부모는 얼떨떨해하더니 서둘러 맺음말을 하고 전화를 끊었다. 다음 날, 교장선생님께 '담임 포기서'라는 걸 작성해서 드리며 지난밤 일을 알려드렸다. 어서 총회 시작 전에 담임 교체해 달라고. 교장선생님은 결국 바꿔주지 않았는데, 아이러니하게도 그 덕분에 난 2013년 강화중학교에서 귀요미 어린 왕자들과의 인연을 맺게 되었다.

남자 중학생 1학년은 기상천외한 매력을 보여줬다. 쉬는 시간만 되면 교실에서 도서관까지 몰려와서 수업 시간에 있었던 각종 에피소드를 종알거리며 알려줬고, 도서관에 분명 한 녀석이 들어갔는데 찾을 수 없어서 되돌아가려던 순간에 8단 높이의 책장 꼭대기에 숨어서 날 놀라게 하는 아이도 있었다. 얌전히 책을 읽으며 잘 지내던 아이들이 갑자기 시비가 붙어서 싸움질하는 바람에 온 힘을 다해 녀석들의 팔을 붙잡고 눈을 부라리며 호통쳐야 하는 날도 있었다. 그렇게 하루가 멀다 하고 소소한 사건들을 마주하는 시간은 마치 혼을 빼놓고 다니는 것처럼 정신없었지만, 그만큼 아이들과의 정은 두터워졌다.

아이들과 더 다양한 추억을 쌓으려고 학급 단체 여행 공모전에 응모해서 받은 100만 원으로 미니 수학여행도 다녀오고, 우리 아이들이 희망하는 직업 분야별 멘토들을 모시고 멘토와의 만남 시간도 가졌다. 그리고 학교에서 저녁 시간에 단합대회도 진행했는데, 그날만큼은 아이들을 위한 내 요리 실력을 발휘하고 싶었다.

강당에서 레크리에이션 도구를 빌려다가 협동 공 튕기기, 캥거루 자루 뛰기, 대형 윷놀이, 2인 3각 릴레이 등으로 에너지를 마구 발산하게 했다. 그리고 도서관으로 불러서 커다란 냄비를 준비했다. 미리 사 둔 떡볶이

소스를 붓고 물을 붓고 끓는 동안 어묵을 썰고, 줄줄이 햄을 자르고 떡은 씻어서 낱개로 잘 떼어놨다.

'흠, 요리가 뭐 별건가 그냥 재료 사다가 다 부으면 되지.'

냄새는 그럭저럭 맛나게 느껴진 건지, 열심히 운동을 즐기고 와서 배고픈 아이들의 코는 곧바로 나를 향했다. 아이들은 열심히 요리하는 내 주변을 둘러싸며 배고프다고 아우성이었다.

"쌤, 언제 돼요? 맛있겠다! 얼른 먹고 싶어요!"

"잠깐 기다려 봐! 쌤이 젤 좋아하는 떡볶이를 맛보게 해줄게! 옛날식 국물 떡볶이야."

아이들은 저마다 포크와 그릇을 들고 나만 쳐다봤다. 이제 10초만 더 끓여 볼까? 10, 9, 8, 7…. 드디어 완성! 커다란 국자로 떡과 소시지와 오뎅을 골고루 섞어서 그릇에 담아 줬다. 드디어 배고픔을 해소한다는 기대와 쌤의 요리를 맛본다는 기대감이 교차하는 아이들의 탄성이 도서관을 가득 채웠다.

"악! ……!"

갑자기 여기저기서 탄성이 아닌 괴성이 튀어나왔다.

"왜? 얘들아, 이상해?"

떡 하나를 꺼내서 먹어봤다. 흠, 뭐 나름 괜찮은데 하며 아이들을 쳐다보는 순간, 아이들은 얼음! 모두 먹던 손을 멈추고 날 쳐다봤다.

"쌤, 대체 여기 뭘 넣으신 거예요. 아아아악…. 쌤, 이거 완전 마녀의 레시피예요! 어케 먹어요!"

몇몇 아이들은 배고프다며 간식으로 사다 둔 빵을 입에 넣기 시작했고, 몇몇 아이들은 내 눈치를 보더니 그래도 의리가 있지 그냥 먹어, 먹어! 안 죽어! 하면서 떡볶이를 꾸역꾸역 입에 넣고 있었다.

"얘들아, 미안해…. 내가 요리는 꽝인가 봐."

*그래도 볶음밥은 잘 한다. 분명 전에 고등학생들과 함께 갔던 남이섬에선 내 김치 볶음밥을 아이들이 정말 맛나게 먹어줬는데…. 설마 그때도 마녀의 레시피였던 건 아니었겠지? 순간, 불안감이 엄습해 온다.

제자이자, 동료이자 진정한 친구, 책마루 소녀들

"학교도서관에는 저의 진정한 동료들인 도서부 학생들이 있기 때문입니다."

2021년 국립중앙도서관에서 개최한 '사서 한마당'에서 '도서관을 바꾸는 15분' 특강에 참여했다. 사서교사 대표로 발표하며 말한 마지막 멘트다. 고등학교에 근무하다 보면, 도서부 학생들과의 손발이 척척 잘 맞아서 웬만한 독서 행사를 기획하고 운영할 때 동료란 생각이 많이 든다. 독서 행사의 아이디어가 떠올라서 구상한 걸 이야기하면 학생들은 학년별로 논의하며 내 구상을 구체화해 온다. 두 시간짜리 북콘서트를 기획하면 한 시간은 오롯이 학생들에게 맡겨도 여느 행사 기획자 못지않게 멋진 코스를 여러 개 만들고, 홍보 준비까지 마무리했다. 그런 나의 동료들을 위해 언제나 깜짝 이벤트를 준비하고 싶은 마음이 드는 건 당연한 현상이었다. 정기적으로 깜짝 파티를 열거나, 동아리 시간엔 꼭 간식 파티를 즐겼다. 신기하고 실용적인 물건이 보이면 아이들을 위한 선물로 준비했다.

기숙사 생활을 하는 아이들을 위해서는 긴 머리를 한 번에 돌돌 말아서 말릴 수 있는 머릿수건을 선물하며 바쁜 아침 시간에 약간의 여유를 갖도록 했다. 아이들은 보답하듯 방금 머리를 감고 나왔다며 머릿수건을 장착한 사진을 보내어 인증해 줬다. 피자 모양의 젤리를 잔뜩 사서 쌓아두고, 아이들과 젤리 피자 파티도 즐겼고, 샌드위치를 만드는 재료를 사다가 무작위로 재료의 순서를 뽑은 후 샌드위치를 만들어 먹는 게임도 즐겼다. 독서 게임 후 이긴 사람에게는 딸기 잼이 들어간 모닝빵을 주고, 진 사람에게는 겨자소스나 마요네즈가 잔뜩 들어간 모닝빵을 주며 아이들을 약 올리기도 했다.

한번은 교장선생님께서 나태주 시인을 꼭 모시고 싶다고 했다. 도서부 아이들과 논의하며 시인의 작품을 활용한 '환영 노래, 감사 노래, 그리고 시인의 입장에서 아쉬움을 담은 노래' 가사를 만들고, 직접 부른 영상을 보여드리며 시인을 감동시켰다. 학생들이 정한 『올리브 가지를 든 소녀』란 책을 활용한 북콘서트를 진행할 때는 팀을 나눠서 준비했다. '보이는 라디오 - 책 속에 나온 가자 FM이 현실로!', '아는 형님 - 책 속 등장인물이 아는 형님 학교에 전학 온다면?', '비정상회담 - 팔레스타인 사람들에게 폭력을 쓰고 싶지 않은 자비르는 정상일까?', 그리고 '유퀴즈 온 더 여고 - 유재석과 조세호가 여고에 왔다?'의 네 가지 코너를 척척 구상하고, 능숙하게 진행했다. 역시 내 동료임을 확실히 인정할 수 있었던 행사였다.

독서 활동도 참 꾸준히 다양하게 했는데, 특히 허먼 멜빌의 『모비 딕』을 135일간 꾸준히 읽으며 독서 기록을 남기고, 책으로 엮어낸 일은 그동안의 독서 모임 중 가장 뜻깊고 소중한 추억이 되었다.

그렇게 정이 마구마구 들어버린 아이들이 졸업을 앞

둔 12월, 아이들에게 어떤 마지막 선물을 해줄까 정말 깊이 고민했다. 여덟 명의 학생을 위한 손 편지를 쓰고, 소윤의 에세이 『작은 별이지만 빛나고 있어』를 선물했지만 뭔가 더 해주고 싶었다. 그래서 봄길 책방으로 김민섭 작가님을 모셨다. 선한 영향력의 대명사이자 실천가인 김민섭 작가님의 책을 읽으며 작가님의 이야기를 들을 기회를 선물한다는 건 이제 '학교'라는 울타리를 벗어나 '사회'로 발을 내딛는 아이들의 마음에 단단한 따스함을 심어줄 수 있을 거라 생각했기 때문이다.

아이들은 작가님의 말씀을 듣고, 함께 이야기 나누며 눈시울을 붉혔다. 온전히 아이들의 마음에 선한 영향력이 스며들었음을 알 수 있었다. 그렇게 내 멋진 동료들이자 도서부 소녀들을 졸업시키고 1년이 지났을까, 아이들과 정기적으로 안부를 나누며 함께 책을 읽는 온라인 독서 모임도 이어갔다. 그리고 봄길 책방의 추억을 기리는 마음으로 다함께 봄길 책방 북스테이를 즐겼다. 파자마 콘테스트도 하고, 대학생이 된 아이들과 와인도 한 잔씩 마시며 작은 축제 같은 추억을 쌓았다.

　그리고 감사하게도 아이들은 각자의 삶에서 최선을 다하며 멋지게 살아가고 있다. 나와 같은 사서교사의 꿈을 갖고 사서 교육 실습생으로 우리 학교에 다시 와서 함께 근무하기도 했고, 크루즈 여행 체험단으로 선발되어 많은 사람과의 교류를 통해 경험의 폭을 넓히기도 했다. 해외 봉사활동에 참여하는가 하면, 대학에서 선발하는 해외 어학연수단으로 선정되어 어학 실력과 해외 경험치를 쌓고 오는 아이도 있었다. 그래서 늘 사람들에게 이렇게 말한다. 그 아이들이야말로 멋진 내 동료였다고. 제자이자 친구이고, 함께 인생을 살아가며 격려하고 응원할 수 있는 든든한 사람들이라고.

06.
겉무속따 북토피아 소년들

도서관 및 독서 행사 운영, 독서교육, 독서동아리 운영, 논술 수업, 교과서 업무, 학부모 업무, 학생회 관리, 학교 축제 담당, 노동인권교육, 인성교육, 세계시민교육, 교지 제작, 공직자 안보 교육, 다문화교육, 청람학술제 운영, 선후배 만남의 날 운영….

이 업무를 모두 담당한 시절이 있었다. 민주시민교육 부장을 하며 사서교사 고유의 업무까지 강화고에서 나에게 주어진 일이었다. 부원이 두 명 있었지만, 담임교사이기도 해서 사실상 기본 업무는 모두 부장의 몫이었다. 이미 다른 학교에서 부장 역할을 5년 해봤기에 대충 돌아가는 업무의 흐름은 알고 있었지만, 도서관 업무와 유사한 부서를 담당했을 때와는 완전히 달랐다.

스트레스를 받을 시간도 없이 매일 업무가 몰아쳤다. 게다가 기존 도서부 학생들은 전임 사서 선생님과 내가 결이 많이 달랐는지, 친해지기 어려울 만큼 소소한 갈등이 자꾸 생겼다. 학교 업무가 힘들어도 학생들로 인해 늘 힘을 얻곤 했는데, 그해 3월부터 석 달 동안은 일에 치이고, 학생들과 부딪히며 나날이 속이 타들어 갔다. 그저 로봇이 된 것처럼 일만 했다.

하지만, 그런 나를 다시 웃게 한 아이들이 있었다. 새로 도서부가 된 소년들이었다. 아이들이 특별히 뭔가 한 건 아니었다. 그저 점심시간이면 도서관에 몰려와서 내 옆 테이블에 옹기종기 모여 앉아 수다꽃을 피웠다. 그 와중에도 업무 문서를 작성하느라 정신없던 내가 간간이 귀에 들어오는 아이들의 이야기에 "오, 진짜?"라고 반응하면 아이들은 기다렸다는 듯 나를 대화의 장에 끌어들였다.

"쌤, 아니 그래가지고요. ○○이가요."

종알종알 재잘거리며 점심을 먹으러 가기 전까지 계속 이야기꽃을 피웠다. 그럼 나도 잠시나마 업무에서 빠져나와 아이들을 바라보며 흐뭇한 미소로 대화를 나눴다.

6월, 우리는 봄길 책방으로 동아리 수업을 하러 갔다. 드디어 도서부 1학년 중에서 부장을 선발하는 날이었다. 그곳에서도 여전히 겉도는 2학년들과 달리 1학년들은 몰려다니며 자기들끼리 포즈를 취하고는 나를 불렀다.

"쌤!"

그 말 한마디에 바로 폰을 들고 찰칵찰칵 사진을 찍어두었다. 에구! 귀여운 녀석들.

그때부터였던 것 같다. 점심시간만 되면 아이들을 기다리고, 아이들은 나와의 동아리 시간이나 방과후 시간을 기다리고. 정해진 행사나 수업 외에도 아이들을 위해 하고 싶은 일들을 계속 만들었다. 업무가 많아진다는 생각보다는 행복한 학교생활을 다시 시작하게 되었다는 행복감이 남은 나날을 가득 채우기 시작했다.

"얘들아! 우리 방과후에 서점에 가서 책도 사고, 공원에서 플래시몹으로 사진도 찍고, 도서관에서 독서 모임도 하자!"

그러면 아이들은 일제히 기숙사에 방과후 면학 외출증을 제출하고 모였다. 학교에서 서점까지 걸어가면서도 "애들아 잠깐! 여기 너무 멋지다!"라고 하면 바로 모여서 포즈를 취하는 아이들이었다. 왁자지껄 수다 떨며 앞서거니 뒤서거니 걸어가다가도 문득 뒤에서 혼자 걸어가는 날 보면 바로 다시 돌아와서 내 옆으로 우청룡 좌백호가 되어 함께 걸어주었다.

책을 고르는 순간에는 새로운 매력을 보여줬다. 방금 전까지 보이던 개구쟁이 모습은 사라지고, 지적인 매력이 가득한 소년들로 변신했다. 책을 살펴보는 모습부터 시작해서 친구에게 자기가 읽은 책을 소개하며 추천하는 모습까지 그저 보는 것만으론 부족해서 서둘러 셔터를 눌렀다. 그렇게 차곡차곡 추억 앨범을 채웠다.

그해 겨울은 학교 건물 공사로 인해 전교생이 기숙사에 모여서 하루 종일 면학실에 머물러야 하는 시기였다. 당시 진행하던 '읽걷쓰 프로젝트'로 하루를 남겨둔 것이 생각났다. 아이디어가 떠오르면 바로 기획안이 나오는 기상천외함은 그런 아이들을 만났기 때문이리라. 나는 아이들과의 독서 여행 계획을 세웠고, 교장선생님도 흔쾌히 허락해 주셨다. 9인승 카니발을 빌려서, 4교시가 끝나자마자 아이들과 함께 강화도 투어를 시작했다. 바람숲 그림책 도서관에 가서 각자 고른 그림책에 대한 소개도 하고, 인근 식당에 설치된 다트 게임도 즐기고, 루지 체험까지 하면서 짧지만, 행복한 그림책 독서 여행을 마무리했다.

강화고를 떠난 후에도 우리는 '강고 애제자 북토피아'란 이름으로 단톡을 만들어 자주 소통했다. 때마다 아이들을 응원하는 메시지와 간식을 보냈다. 아이들을 위한 마음을 담은 노래도 개사해서 불러주면, 아이들도 언제나 따스한 말로 화답하며 함께한 시간을 그리워했다. 운전하고 가다가도 아이들을 마주치면 차창을 내리고 "얘들아!" 하고 불렀다. 친구들과 무리 지어 걸어가다가도 되돌아 뛰어와서 "리하쌤!" 하고 인사했다. 친구들이 지나칠까 봐 "얘들아, 여기 쌤 계셔!" 하며 모여들었다. 그런 아이들과 미소 가득한 인사를 나누는 일상이 자연스러웠다.

사람들은 신기해했다. 무뚝뚝한 남고생들이 어떻게 리하쌤과 그렇게 계속 연결되어서 소통하는지 말이다. 하지만, 그들에겐 보이지 않는 따스함이 내 눈엔 너무나 자주 보였다. 겉무속따. 겉으로 아주 조금 무뚝뚝해 보일 수 있는 청소년들이지만, 한없이 따스한 정(情)이 가득한 소년들인 걸 그들은 모르겠지?

제3장

조금은
특별한 사서교사

intro.
책과 노래의 만남을 이끄는 리하

"저, 딱 한 달만 배울 거예요."

바빌루 보컬스튜디오에 가서 이렇게 말했다. 우연히 알게 된 보컬 레슨에 호기심이 생겨서다. 그런데 첫 레슨 후, 두 눈이 번쩍 떠졌다. 내 안에 켜켜이 갇힌 목소리에 집중하며 소리를 끌어올릴 수 있었다. 신기하게도 소리만이 아니었다. 마음속에 쌓여 있던 스트레스도 희미해졌다, 노래를 배우고 부르는 시간이 이렇게 즐거울 수 있다는 것에 완전히 매료되었다. 한 달은 무슨, 벌써 3년째다.

일주일에 한 번씩 노래를 배우러 다니는 것뿐인데, 신기하게도 내 삶에 새로운 장이 열렸다. 다양한 노래 가사에 심취해서 감정의 변화를 즐겼고, 노래를 들으면 문학 작품이 떠올랐다. 책을 읽다가도 노래로 연결할 만한 요소가 없는지 살펴보기 시작했다. 그리고 점점 일상에도 노래가 스며들었다. 글을 쓸 때도 노래하며 떠오른 감정이 쏟아졌다. 어떨 때는 소중한 사람들과 함께 시간여행에 빠져들기도 했다. 운전할 때는 배운 노래를 더욱 신나게 부르며 다녔다. 기분이 좋을 때 노래를 부르면 더욱 기분이 좋아졌고, 기분이 좋지 않을 때도 노래를 부르면 나아졌다. 이런 기쁨을 나만 알고 있을 순 없었다. 평소에도 경험 속에서 아이디어를 얻고, 책과 연계해서 독서 프로그램을 개발하는 걸 즐겼는데, 노래라고 못 할 이유가 없었다. 눈앞에 파노라마가 펼쳐졌다.

"코치님, 학교도서관에서 노래와 함께하는 독서 프로그램을 운영해 보고 싶은데, 함께 해주실 수 있을까요?"

내가 찾은 노래의 즐거움과 스트레스 해소의 경험을 아이들에게도 전해주고 싶어서 보컬 코치님께 도서관 협력 프로젝트를 제안했다. 일명, '꿈을 노래하는 학교도서관 프로젝트'. 도서관에 피아노부터 준비했다. 아이들이 언제든 와서 마음껏 연주했다. 블루투스 스피커로 카페 같은 분위기의 BGM을 계속 틀어 두었다. '보컬 독서 팀'도 만들었다. 아이들과 책을 읽고, 감상을 나눈 후 노랫말로 바꿔서 표현하고, 보컬 코치님과 함께 직접 불러보는 시간도 가졌다. 분명 처음엔 어떻게 모르는 사람 앞에서 노래하냐며 걱정하던 아이들이었는데, 달라졌다.

"선생님, 저는 책을 읽고, 글을 쓰거나 그림을 그려보기만 했는데, 이렇게 노랫말로 바꾸고, 보컬 코치님께 배우며 직접 불러보니까 너무 재밌어요. 등장인물의 마음으로 노래하는 기분이에요."

아이들과 함께 책노래로 한바탕 놀아보니, 판을 더 키우고 싶어졌다. 뭔가 아이디어가 떠오르면 다음에 뭘 해야 하는지 잘 아는 딸의 장점을 아빠가 제대로 파악했다는 걸 다시금 인정! 책과 함께라면 무엇이든 교육활동으로 발전시킬 수 있는 사서교사니까. 새로운 도전을 하고 싶었다.

"얘들아, 우리 북콘서트에서 우리가 만든 책 주제가를 불러보는 거 어때? 뮤직비디오처럼 바빌루 보컬스튜디오에 가서 노래 지도도 받고 녹음도 해오자!"

“우와, 대박! 진짜요?”

우리는 유명한 작가의 단편 소설을 활용해서 독서 모임을 하고, 아이들이 정한 노래에 가사를 바꿔서 책 주제가를 만들었다. 보컬 코치님의 도움을 받아 가수처럼 책 주제가 디렉팅 영상을 만들었다. 북콘서트가 열렸고, 학생들이 소설을 읽고 만든 여섯 컷 만화, AI 소설 속 과학적 근거 탐구 보고서, 그리고 창작 소설과 함께 책 주제가 영상을 공개했다. 아이들의 반응은 환호 그 자체. 마음이 맞는 동료 선생님들도 함께했다. 일곱 명의 교사가 목소리 연기를 하며 소설을 녹음했고, 거기에 음악을 더해 ‘보이는 오디오북 영상’으로 만들었다. 내 삶에 찾아온 노래의 힘이 학교 곳곳으로 퍼져나갔다.

그것에 그치지 않았다. 이번엔 마을의 책방으로 눈길을 돌렸다. 책과 노래가 어우러지는 독서 문화를 만들기 위해 평소에도 아이들과 자주 찾던 봄길 책방이다. 아이들은 책방 이름에 담긴 시 ‘봄길’을 읽고, 책방을 위한 노래를 만들었다. 바빌루 보컬 코치님도 함께해 주셨다. 책방을 응원하는 가사에 아이들의 진심이 담긴 멋진 책방 노래 영상이 만들어졌다. 노래하는 아이들의 얼굴에

환한 꽃이 피었고, 책방지기 부부의 얼굴에도 밝은 미소가 번졌다. 노래와 책이 하나 되고, 책과 노래가 짝을 이뤘다. 조금 더, 조금 더 많은 사람에게도 전하고 싶었다.

"봄길지기님! 책방에서 마을 주민과 함께 보컬 체험 레슨 어때요!"

"신이 코치님! 노래가 뇌에 미치는 좋은 영향을 마을 주민에게도 알리고, 보컬 체험 교실도 열고 싶은데, 도와주세요!"

그렇게 함께했다. 책과 노래가 어우러지는 공간을 만들어냈다.

아이들과 마을 사람들의 마음이 노래로 부드러워지고, 책을 읽으며 깊어지고, 함께하며 서로를 바라보는 얼굴에 미소가 더해졌다. 그렇게 평화로운 날이 하나씩 쌓여가며 조금은 특별한 사서교사가 되었다. 학교라는 공간에서 즐겁게 살아가길 바란 아빠의 마음에 노래의 즐거움이 더해지며 은하수가 펼쳐졌다. 책과 노래로 인한 기쁨이 사람들의 마음에도 온전히 스며들길 바라는 사람. 새로운 이름도 얻었다. 이로운 물이 되어 흐르는 리하(利河). 나의 새 이름이다.

*Thanks to.

사서교사로 살아갈 수 있게 꿈을 열어 주신 아빠께 감사합
니다. 그리고 노래와 함께하며 사서교사로 더욱 행복한 삶을
살아갈 수 있도록 언제나 좋은 영향을 주시는 나의 보컬 스
승이자 글쓰기의 뮤즈이신 바빌루 보컬스튜디오 김신 대표
님께도 감사의 마음을 전합니다!

사서교사 김리하　95

01.
꿈과 끼를 발현시키는
독서 감상 표현 한마당

"왜 책을 읽은 후 할 수 있는 활동이 글 쓰고, 그림 그리는 것뿐일까?"

글이나 그림으로 독후 활동을 하는 건 기본적으로 중요하다. 하지만, 그것만이 아닌 다양한 시도가 필요하다는 걸 느꼈다.

OO 학교에 발령받았을 때다. 연 1회 전교생을 대상으로 '독서 감상 표현 한마당'이 두 시간 잡혀 있었다. 그런데 일괄 '독서 엽서 그림 그리기'만 진행한다고 했다. 우수 작품은 뽑아서 상도 줄 수 있다고.

어릴 때부터 그림 그리기에 자신 없었고, 좋은 성과를 거둔 적도 없기에 500명에 달하는 전교생이 모두 그림으로만 독후 감상을 표현한다는 말을 이해할 수 없었다. 그간 수상자 명단을 보니 평소 그림 잘 그리는 아이들만 매년 같은 상을 받았다는 걸 알 수 있었다. 그래서 학생들이 자유롭게 감상을 표현할 기회를 제공하고, 각자 가진 꿈과 끼를 충분히 발휘할 수 있도록 표현 방식을 다양화해야 한다는 이유를 담은 개선 방안을 작성해서 교감 선생님을 찾아갔다. 바로 변경 시행하기로 했다.

"여러분, 책을 읽고, 시, 소설, 에세이 등 글로 감상을 표현해도 됩니다. 등장인물이나 작품 속 한 장면을 그림으로 그려도 좋아요. 혹시 작품에 등장하는 유기 생명체에 관해 탐구하는 보고서를 써 보는 건 어떨까요? 건축에 관심 있는 학생이라면, 작품 속 배경을 모형으로 제작해 보세요! 유치원 교사나 보육교사가 꿈이라고요? 그럼, 작품에 등장하는 소품을 중심으로 장난감 모형이나 유아용 모빌을 만들어 보는 건 어때요? IT 계열에 관심이 있나요? 작품을 소개하는 홈페이지를 만들어서 널리 홍보해 보세요! 노래를 좋아한다고요? 책과 작가를 위한 주제가를 만들고 녹음하는 싱어송라이터가 되어보는 건 어때요? 이 외에도 무궁무진하게 여러분의 꿈과 끼를 펼칠 수 있는 작품이라면 모두 환영해요!"

학생들이 표현하고 싶은 방식을 최대한 존중하며 응원하자, 한 작품을 읽고, 나오는 감상의 표현 방식이 정말 다양했다. 어떤 학생은 등장인물의 모습을 본뜬 쿠키를 만들어 와서 "선생님 저는 제과제빵사가 될 거예요, 이거 맛보세요. 어때요?"라고 말했다. 또 어떤 학생은 "꿈은 아니지만 제가 서예를 잘해요. 그래서 책 제목을 한문 서예 작품으로 써 왔어요!"라며 자랑스럽게 작품을 보여주었다. 또 다른 학생은 "저도 작가님처럼 반전이 있는 재밌는 소설을 쓰는 게 꿈이라 그 방법을 활용해서 단편 소설을 써 왔어요!"라며 이미 작가가 된 듯 당당한 표정으로 작품을 내밀었다.

그때부터 독서 감상 표현 한마당 행사에는 외부 북밴드 공연팀이 오지 않아도 되었다. 작가님만 모시면, 학생들이 직접 부르는 책노래가 울려 퍼지고, 학생들의 창의적인 독서 감상 작품이 소개되고, 전시되는 책 축제가 열렸다. 그렇게 진짜 독서 축제를 학생들이 스스로 만들고 즐길 줄 아는 경험의 장이 열렸다.

상을 받는 것이 중요한 게 아니다. 책을 읽고, 온전히 자기만의 방식으로 받아들이고, 표현하는 기회를 제공하는 것이 중요하다. 학교도서관이 주관하며 이렇게 다양한 독서 감상 표현 한마당을 매년 시행하는 게 진짜 독서 교육이고, 진짜 독서 흥미를 얻게 하는 방법이란 걸 많은 학교에서도 알고 동참하면 좋겠다는 바람이 생긴다.

02.
클래스가 다른 독서리더캠프

"교장선생님! 교장실 좀 빌려주세요!"

독서리더 캠프를 위해 네 모둠으로 나눠서 작가와의 만남을 진행하려니 공간이 부족했다. 도서관, 상담실, 창의융합실 그리고 한 곳이 더 있어야 했다. 교실은 이미 다른 수업으로 쓰이니 어떡하나 난감해하던 중 교장실이 떠올랐다.

갑자기 교장실을 빌려달라니 의아한 표정에 신기함이 더해진 눈빛으로 날 바라보던 교장선생님은 이내 환하게 웃으며 무슨 일이냐고 물었다.

"도서부 학생들과 독서리더 캠프를 진행해야 하는데

요. 책을 깊이 읽고 다양하게 이야기 나누기 위해서 작가님을 네 분 섭외했어요. 그런데 한 팀이 쓸 공간이 없어요. 도와주세요!"

교장선생님은 당신이 뭘 도와주면 되겠냐며, 강의하시려면 좀 커다란 TV 화면이 필요하지 않겠냐며 적극적으로 공간에 이어 비품까지 신경 써 주셨다.

"줌으로 진행하는 거라 제가 노트북 한 대 가지고 올게요. 그런데 여기는 와이파이가 안되니까 컴퓨터 랜선을 잠시 빌려도 될까요?

그렇게 코로나19 팬데믹이 세상을 뒤덮은 2020년 여름, 우리 도서부 학생들은 온라인으로라도 작가님을 만나고 싶다며 적극적으로 책을 읽고, 발표 준비를 했다.

독서리더 캠프는 우리 학생들이 주도적으로 이끄는 캠프다. 작가를 섭외했다고 작가 혼자 특강만 하진 않는다. 한 달 전부터 팀별로 정한 작가님의 책을 읽고, 토론하고, 독후 작품을 만들어서 각자의 주제에 맞게 발표 자료를 만들었다. 학교 친구들에게도 소개한다며 커다랗게 뽑아서 도서관 앞에 전시 코너도 운영했다. 그리고 작가님을 만나는 날은 그동안 책을 읽고 활동한 모든 과정을 PPT에 담고, 멋지게 만든 작품도 담아 작가 1인을 청중으로 모시고 발표했다. '강사'로 섭외돼서 '수강생'이 된 작가님들은 미리 귀띔해 드렸지만, 신기한 경험에 마냥 환한 미소를 지으셨다. 한 시간가량 학생들이 준비한 발표와 질의응답 시간을 가진 후 모두 도서관에 모였다.

물론 우리는 도서관에 있고, 작가님 네 분은 줌 화면에 옹기종기 자리 잡았다. 이제부터는 각 모둠에서 책을 읽고 활동한 내용을 간략히 소개하고, 작가님과 이야기 나눈 것 중 대표적인 질문과 답을 다른 모둠 친구들에게도 소개하는 시간이다. 여전히 작가님들은 청중이 된다. 열심히 모둠을 대표해서 발표하는 학생들, 화면 속에서도 반짝반짝 눈을 빛내며 경청하는 작가님들의 모습을 나는 빠짐없이 사진으로 남겨둔다.

이윽고 모든 발표가 끝났다. 작가님들의 소감을 듣는 시간이다. 화면 속에서 서로 인사를 나누고, 각자의 모둠에서 일어난 일에 감탄하는 소감을 들으며 학생들은 뿌듯한 표정을 지었다. 그렇게 작가님들과의 시간이 마무리되면, 우리끼리 에필로그를 채운다.

모든 과정을 담은 사진은 출력해서 모둠별로 나눠준다. 그럼, 학생들은 "독서리더 캠프는 나에게 ________이다."라는 첫 문장을 시작으로 다섯 문장 소감을 쓰고, 작가님께 감사 편지도 쓴다. 사진을 이리저리 오려서 붙인 후 작가님께 드릴 롤링 페이퍼로 만들었다. 1인당 B4 사이즈 두 장씩의 롤링 페이퍼! 나는 예쁘게 스캔한 파일을 작가님들께 전송하며 캠프를 마무리한다. 다음날 '띠리링' 메일 도착 알림음이 울렸다.

"선생님, 너무나 유익한 시간이었어요. 학생들이 정말 제 책을 이렇게 깊이 읽고 고민하고, 멋진 작품을 만든 것 자체가 감동이었어요. 참가 후기도 편지에 담아서 주시다니. 예상치 못한 소중한 선물에 꼭 인사드리고 싶었네요. 우리 팀 학생들에게도 고맙다는 말씀 꼭 전해주세요!"

성장소설을 읽고, 등장인물을 위한 영화와 음악 처방전을 만든 아이들. 배역을 정해서 오디오북을 제작한 아이들.

과학 도서를 읽고, '강화 과학관'이란 이름으로 우리

지역의 이름을 딴 미니 전시관을 설치한 아이들.

인문학 도서를 읽고, 애니메이션 작품을 통해 시대상을 토론한 아이들.

심리학 도서를 읽고, 일상의 상황별 심리 고민 상담 코너를 운영한 사례를 보여준 아이들.

그렇게 우리 학생들은 '독서리더'가 되어 깊이 읽고, 넓게 바라보는 멋진 도서부로 성장했다. 그리고 분명한 건, 우리와 함께한 작가님들도 '성장의 경험'이 되었을 거란 사실이다. 클래스가 다른 '독서리더 캠프'에 참가한 우리니까!

03.
작가님과의 시간을
풍성하게 하는 방법

"학교가 마치 거대한 기획사가 된 것 같아요. 이렇게 까지 멋지게 제 책을 읽고 준비해 주실 줄 몰랐어요! 감동입니다!"

작가와의 만남 행사 주인공이신 작가님의 말이었다. 좋은 책으로 우리에게 감동을 주셨으니, 우리도 당연히 받은 감동을 되돌려드려야 한다는 생각으로 준비한 것이 잘 전달된 것 같아서 기뻤다.

언제부터인가 그냥 작가 특강만으로 행사를 진행하고 싶지 않았다. 우리 학생들의 독서 감상도 나누는 자리를 가진다면 작가님도 뭔가 더 풍성하고 의미 있는 경험을 나눠주시리란 생각이 들었기 때문이다.

"작가님, 저희 학교에 2시간 강의 오시는 건 맞는데요. 그중 30분~1시간 정도는 학생들이 준비한 걸 감상한 후 특강과 사인회로 진행하는 거 어떠세요?"

처음 이렇게 제안했을 때, K 작가는 흔쾌히 동의했다. 도서부 아이들과 독서 모임 후 준비한 토론 주제로 참관 신청자를 모집해서 공개토론을 해보기로 했다. 아이들은 자기 모습을 보러 와준 친구들 앞에서 부끄러워하면서도 막상 작가님이 옆에 앉자 아주 당당한 표정으로 토론을 진행했다. 활발한 토론이 이뤄진 후 마이크를 잡은 작가님은 한동안 말을 잇지 못했다. "정말, 멋진 학생들을 만날 기회를 주셔서 감사합니다." 그렇게 서로가 서로에게 감격하며 특강을 이어갔다.

"얘들아, 이번엔 우리가 만든 독후 작품을 전시하고 무대에서 작품도 소개하며 작가님의 이야기를 들어보는 건 어떨까?"

아이들은 다양한 작품이 나올 수 있겠다며 좋아했다. 단 하나의 작품이라도 나올 만한 분야가 있다면 뭐든 제

출할 수 있도록 아이들을 격려했고, 꿈과 끼를 마음껏 표
현하는 작품이 하나둘씩 모였다. 그해 작가와의 만남은
학생들의 작품으로 가득 채워진 북 콘서트로 변신했다.

"얘들아, 선생님이 이렇게 시 감상을 노래로 표현해
봤거든. 부끄럽지만, 불러줄 테니, 너희도 시 한 편을 골
라서 모둠별로 노래 만들기 할까? 시인이 오시면 들려드
리고 싶어서 그래!"

N 시인과 함께하는 시 축제 행사를 준비할 때였다. 시
는 곧 노래란 생각을 하던 나는 아이들에게 시범을 보이
면 자연스럽게 함께 만들어 보지 않을까 싶어서 16명의
도서부 학생들을 앞혀두고 내가 개사한 시 노래를 불렀
다. 그것도 아이유의 '밤 편지'란 노래를 개사해서. 역시,
아이들은 감 잡았다는 표정으로 시를 한 편씩 고르더니
시인을 소개하는 노래, 시인께 감사의 마음을 전하는 노
래, 시인이 감동받을 마음을 예상해서 담은 노래를 뚝딱
만들어냈다. 그리고 멋지게 녹음도 마쳤다. 온라인 행사
로 진행했지만, 줌을 통해 노래 영상을 감상하신 N 시인
은 100번 넘게 강연을 다녀도 이렇게 자기 작품으로 노
래를 불러준 학교는 처음이라며 노래 영상을 선물로 간

직하겠다고 했다.

또 단편 소설 작가와 온라인 만남을 할 때는, 자기들의 작품을 작가님이 직접 보지 못하는 걸 안타까워했다. 그래서 모둠별로 소설을 읽고 만든 작품을 도서관에 전시했고, 모든 과정을 영상에 담아서 파일로 보여드렸다. 작가님은 아이들의 작품을 메일로 먼저 받아보고, 개별적인 피드백을 해주셨는데, 이는 아이들에게 엄청난 감동을 안겨 주었다. 기념사진을 촬영할 때도 '작가님 환영해요!'라는 글자를 A4 용지에 한 글자씩 뽑아 들고 화면에 등장한 작가님과 함께 찍었다.

살아가면서 작가를 직접 만나고 생각을 나누는 경험은 아주 귀하다. 학교도서관이나 공공도서관에서 작가 강연회를 자주 개최하는 편이지만, 자칫 수동적인 독자로 머물 가능성이 높다. 하지만, 작가의 작품을 적극적으로 읽고, 표현하고 나누는 시간을 마련한다면 아이들은 작가를 글로, 독후 작품으로 그리고 직접 만나며 더 깊고 넓게 독서할 기회를 얻는다. 그건 곧 삶의 변화로 이어지게 하는 징검다리와도 같다. 독자만 그럴까? 아

니, 분명 함께하는 작가의 삶에도 긍정적인 변화가 시작
되었을 거다.

책과 연결하면 뭐든 다 할 수 있는 사서교사

"선생님, 우리 아이가 책 읽고 피자 만들러 간다고 해서 무슨 말인가 했는데, 너무 재밌었대요. 감사합니다. 책도 읽고, 체험도 하고, 도서부 활동이 제일 행복하대요!"

학부모님께 문자를 받았다. 독서동아리 아이들과 유난히 친근하게 지내는 편이지만, 이렇게 학부모님께 직접 연락받는 경우는 드물다. 그런데, 그해 책 읽고 피자 만들기 체험에 다녀온 후 학생들만큼 학부모님도 좋아하셨다. 양심이 조금 찔리긴 했다. 아이들과 책을 핑계 삼아 놀러 가고 싶어서 계획한 거였는데, 예상보다 반응이 좋아서 말이다. 개인적으론 '사서교사'인데 책 위주로

교육활동을 짜지 않은 게 민망하기도 했다.

하지만, 생각이 바뀌었다. 누군가 그랬다. 독서 프로그램을 짤 때, 사서교사가 120% 행복해야 참가하는 학생들의 만족도가 100%에 가까워진다고.

그날 우리는 음식의 역사를 다룬 책을 읽고, 독서 모임을 한 후 그중 아이들이 가장 좋아하는 '치즈'와 '피자' 부분을 중심으로 피자 만들기 체험장에 다녀왔다. 재밌게 읽고, 맛있게 먹은 기억은 아이들에게 '독서' 활동 중 '행복'한 기억으로 남았던 거다.

그래서 자신감이 생겼다. 책과 연결하면 뭐든 다 할 수 있지 않을까? 실제로 그랬다. 파울로 코엘료의 '아처'를 읽고, 국궁장에 가서 활쏘기에 관한 특강을 들은 후, 직접 활을 쏴보는 체험 시간을 가졌다. 학급 담임을 하던 시절에는 진로독서활동을 한 후 SBS방송아카데미를 견학하며 30여 명의 학생들을 5명씩 모둠을 나눠서 노래를 연습하고 녹음하는 시간도 가졌다. 레오나르도 다빈치의 건축술에 관한 책과 공간 주권에 관한 책을 읽고, 중학교 자유학기제 '건축반' 동아리를 운영하며 외부 전문가와 함께 지오데식 돔 하우스 제작 체험도 했다. 예술 분야 도서를 활용한 북큐레이션 전시를 하고, 아이들이 원하는 비즈공예 체험 활동도 진행했다. 상황별 심리 탐색과 독서 처방에 관한 책을 활용해서 사제동행 북카페를 운영하며 학생들이 교과 선생님들과 편안하게 대화를 나누는 시간도 마련했다. 특히 북카페를 운영할 때는 특수 교사와 협력해서 특수학급 학생들이 직접 만드는 커피나 음료를 제공할 수 있었다. 진짜 북카페였다. 작가와의 만남 행사를 기획할 때는 유명한 문학 작가만을 모시지 않았다. 책을 쓰신 분이라면 어떤 형태로든 삶의 경험과 해당 분야에 관한 전문성을 가진 분이니 아이들에게 좋은 경험을 나눠줄 수 있으리라 믿었다. 실제로 학교 진로 특강 시간에 다수가 추천한 분야의 강사님만 오셔서 자기가 꿈꾸는 파일럿을 만날 기회는 없다고 하소연하는 학생을 마주했을 때, 번쩍 아이디어가 떠올랐다. 학교도서관에선 책을 내신 파일럿이라면 작가와의 만남으로 모실 수 있는데! 그래서 대한항공 파일럿이신 한고희 기장님을 섭외했다. 책을 내신 후 처음으로 강연을 의뢰받고 좀 당황하시긴 했으나, 흔쾌히 수락하셨다. 파일럿이 꿈이라던 그 학생을 포함한 15명이 파일럿과 함께하는 작가와의 만남 시간을 가졌다. 내가 보컬 레슨을 받으며 학생들도 발성법을 알면 자기표현에

도움이 되겠단 생각이 들었을 땐, 보컬 스승이자 그림책 『말괄량이 소녀의 우당탕탕 보컬 수업 성장기』를 출간하신 김신 작가님을 모셨다. 학교도서관이 반드시 문예 활동만 고수해야 할 필요는 없으니까. 다양한 이용자의 관심사를 반영해서 다양한 책과 사람들을 만나며 경험을 쌓을 수 있는 곳이니까.

이렇듯 어떤 활동이든 배경지식이나 테마를 중심으로 관련된 책을 읽고, 정보를 조사하고, 전시나 발표로 공유한 후 체험할 때 독서 감상의 내재화가 잘 이뤄진다는 걸 알 수 있었다.

이남석 작가님의 책이 생각난다. 『뭘 해도 괜찮아』란 제목에 '나쁜 짓만 빼고'라는 부제가 있는 책이다. 난 우리 학생들에게 이렇게 말하고 싶다.

"뭘 해도 괜찮아, 책과 연결 지으면 우린 뭐든 할 수 있거든, 즐겁게!"

05.
Wee are the SLegend!
최고의 파트너

20년 만에 학교에서 같이 연구하며 일하고 싶은 동료를 만났다. 그동안 사서교사로 살아오며 좋은 동료들을 많이 만났지만, 일회적인 프로젝트로 끝나거나 결이 맞지 않음을 깨닫고, 각자의 노선으로 일하게 되는 경우가 대부분이었다. 아마 그게 당연한 건지도 모른다. 하지만, 우연히 대화를 나누다 발견한 내 동료 '문수정 상담교사'는 달랐다. 뭔가 해보려고 할 때, 내 아이디어만으론 2% 아쉬움이 느껴질 때, 든든한 협력 교사가 되어 줬다. 2024년, 우리는 학교도서관을 활용해서 함께 수업할 수 있는 '매체통합독서를 통한 감정탐구'라는 교육과정을 개발했다.

처음 아이디어를 제안하고, 동참해 달라고 했을 때, 그 분은 아주 흔쾌히 동의했다. 난 첫 모임에서부터 감동했다. 주제에 참고가 될 만한 논문을 꼼꼼히 찾아서 한가득 안고 도서관에 들어오는 상담 선생님을 보며 확신했다. '이 선생님이야말로 내가 찾던 진짜 동료가 되겠구나!'

교육과정을 새로 만드는 일은 상당히 복잡했다. 우리가 만들고자 하는 교육과정과 유사한 주제를 찾아서 읽어보며 표현법을 익히고, 장학사님께 자주 문의했다. 독서 영역과 감정 탐구 영역에 있어서 우린 서로에게 전문가로서 조언해 주었고, 중학교 자유학기제 수업을 배정받아서 실천하며 함께 보완하는 시간은 정말 교사로서의 자부심이 완충되는 기분이었다. 학교도서관을 의미하는 School Library와 상담실을 의미하는 WeeClass가 만나면 전설(Legend)이 된다는 의미로 우리가 만든 연구회 이름도 'Wee are the SLegend'였다.

최고의 동료를 만나는 건 이렇게 만남과 실행에 이어

서 꾸준히 연구하고, 학생들에게 적용할 만한 수업 내용을 찾아서 직접 체험해 보는 자세가 중요하다. 바로 그런 꾸준한 연구와 체험을 상담 선생님과 계속할 수 있었다. 매주 화요일 5교시는 사서 & 상담 협의회 시간이다. 수업 고민도 나누고, 연구회 활동을 점검했다. 방학이 시작되면, 연수나 출장 일정을 제외하고, 함께 견학할 계획을 세웠다.

음악 도서관과 미술 도서관을 견학한 후 도서관에 피아노를 설치하고, 악보 필사 공간도 마련하고, 빅북 그림책을 전시하고, 감정을 음악이나 미술로 표현해 볼 수 있는 수업도 설계했다.

그림책 박물관 카페를 견학한 후 감정에 관한 다양한 이야기를 담은 그림책을 탐독하며 수업 시간에 활용할 내용을 정리해 보는 시간도 가졌다.

교육청에서 주관한 책 출판 전시회에 참여해서 학생들의 관점에서 어떤 책이 출간되었는지 살피고, 감정을 담은 글쓰기와 문집 제작 방안에 대한 아이디어도 얻었다.

그래서 출근하는 즐거움이 있다. 오늘도 각자 도서관

과 상담실에서 즐겁게 학생들을 만나고, 수업 시간에 함께 학생들을 지도하고, 일상 대화도 나누고, 수업이나 업무 고민도 나누다 보면 마음이 편안해진다. 아이디어는 그냥 떠오르는 게 아니다. 좋은 사람과 함께 대화를 나눌 때 샘솟듯 창의적인 아이디어가 떠오른다. 아하! 멋진 동료 덕분에 오늘도 아이디어가 떠올랐다. 새해에는 상담 선생님과 함께 독서 사업을 새롭게 시작해 봐야지! 야호!

06.
사서교사를 꿈꾸는
사람들을 위한 마인드셋

"당신은 한 번이라도 사서교사를 꿈꿔본 적 있나요?"

사서교사보단 '사서'란 직업으로 더 많이 알려졌지만, 난 언제나 강조한다. '사서교사'는 '교사의 직군으로 교과교사가 될지, 비교과교사가 될지 고민하는 과정에서 '사서교사'를 생각해 보는 게 맞다고. 나도 처음엔 '사서교사'란 직업이 있는 줄 몰랐다. 하지만, 이 길을 걸으며 분명히 알게 된 건, 사서교사를 꿈꾸는 자라면 직업에 대한 정확한 의미와 역할과 가치를 알아야 한다는 것!

초임 시절 조벽 교수님의 특강을 들었다. 사서교사를 대상으로 한 강의였는데, 시작에 앞서 우리에게 이렇게 질문했다.

"여러분은 사서교사가 어떤 사람이어야 한다고 생각하나요?"

망설임 없이 사서교사는 '책을 좋아하는 사람'이어야 한다고 생각했다. 하지만, 이미 그런 내 마음을 눈치챘는지, 교수님은 이렇게 말했다.

"사서교사는 책을 좋아하는 사람을 좋아해야 합니다!"

아! 머리를 한 대 얻어맞는 기분이었다. 학부 4년 동안 공부하면서 어떻게 이 간단한 걸 생각하지 못했을까? 교수님은 의아해하는 표정을 이해한다는 듯 다음 말을 이었다.

"사서교사가 책을 좋아하면 말이죠. 도서관에 책이 들어왔을 때, 내가 읽고 싶은 책을 먼저 고르느라 이용자 생각은 차순위가 되거든요. '기꺼이 이 책을 읽는 당신의 모습을 사랑합니다.'는 마음으로 이용자를 위한 책을 제공할 수 있는 사람이 바로 사서교사랍니다."

그제야 고개를 끄덕였다. 모두가 그랬다. 그때부터 사서교사로서 내 모토 중 하나가 되었다. "나는 책을 좋아하는 사람을 좋아하는 사서교사다!"

그렇게 생각을 바꾸니 당장 변하는 것들이 생겼다. 1

년에 2~3번 몰아서 이용자 신청 도서를 구입하던 방식보다는 내가 조금 귀찮고, 잔업이 생기더라도 매월 꾸준히 신간을 제공하는 '수시 구입' 형태를 선호하게 된다는 것. 그리고 책상에 앉아서 우수 기관의 추천 도서 목록이나 온라인 서점에 뜨는 책 정보만으로 목록을 만들기보다 정기적으로 서점에 직접 가서 보고 책을 구입하게 된다는 것. "적서(適書)를 적시(適時)에 적자(適者)에게 제공하라."는 드루리(Francis Drury)의 명언이야말로 사서교사가 항상 기억하고 실천해야 한다는 걸 깨달았다.

사서교사는 학교라는 작은 사회 속에서 인싸가 되기도 하고, 아싸가 되기도 한다. 성향에 따른 차이일 수 있으나, 어느 정도는 사교성이 있으면 유리하다. 사람들에게 먼저 다가가야 하는 순간이 많고, 가만히 있으면 내가 무슨 일을 하는지, 출근은 하는지도 모르게 하루하루가 지나갈 수 있다. 업무적으로든 친분 쌓기든 어느 정도, 최소한 같은 비교과 선생님들과 친하게 지내고, 학교에 한두 명 정도는 수업 고민도 나눌 수 있는 교과교사도 만들어 두면 좋으니까.

또한 비교과이기에 수업 시수가 배정되지 않는 경우

가 대부분이다. 하지만, 수업 시수를 요구하고, 수업을 통해 학생들을 만날 의지를 적극적으로 보일 때, 대부분의 관리자들은 이를 반긴다. 쉬는 시간이나 점심시간에 도서관에 자발적으로 찾아오는 아이들과만 소통하기엔 아쉬움이 남는다면 꼭 요구해보길 바란다. 교사든 학생이든 소중한 도서관 이용자가 될 사람들을 만나기 위한 방법을 찾는 길 중 하나니까. 그러기 위해서라도 '약간의 사교성'은 도움이 될 수 있다. (물론 내가 만난 1%의 관리자들은 사서교사의 수업을 이해하지 못하는 희한한 경우도 있긴 했다. 아무리 사교성을 갖춘 사서교사가 도서관 수업의 중요성과 필요성을 호소해도 수용되지 않는 안타까운 경험이었다.)

마지막으로 꼭 기억하면 좋을 사서교사로서의 마인드셋 조건이 있다. 순전히 22년차인 나의 경험에 의한 것이니 주관적일 수 있음을 미리 밝힌다. 하지만, 수십 번 생각해도 사서교사는 창의적이어야 한다고 생각한다. 독서 흥미를 유발하는 방법도 다양하게 시도할 수 있고, 책을 읽은 후 감상을 표현하는 방식도 다양화할 수 있어서 맞춤형 독서 지도가 가능하기 때문이다. 또한 세상의 모든 분야를 품은 도서관 사서교사이니 어떤 분야든 독서 프로그램이나 행사, 또는 수업으로 연계할 수 있는 창의성은 절대적으로 필요하다. 선천적인 창의성을 의미하는 게 아니다. 열린 마음, 무엇이든 배우고자 하는 마음과 적용해 보려는 마음 자세! 그것이 결국은 창의성을 발현시켜 주기 때문이다. 그래서 난 '배움에 진심인 사람'이라고 스스로 일깨우곤 한다.

제4장

이토록 컬러풀한
사서교사

01.
신규 사서교사,
너무 외로웠어요

인천광역시 중학교 제1호 사서교사로 첫 발령을 받았을 땐, 너무나 기뻤다. 근무지인 인천 부원여중에 도착해보니 4층에 '디지털 도서관, 일신재'란 이름의 도서관이 있었다. 초·중·고 그리고 대학교를 졸업하고 바로 나의 근무지인 중학교 도서관에 들어서는 기분은 지금도 잊을 수 없다. 평생 학교란 곳에서 학생들과 함께하고 싶다는 어릴 적 꿈이 이뤄진 순간이니까.

설렘 가득한 마음으로 첫 출근을 한 3월, 도서관을 정돈하고, 아이들을 맞이할 준비를 했다. 하지만, 각자 바쁜 '3월의 학교' 분위기를 몰랐을까? 쉬는 시간과 점심

시간에 밀물과 썰물처럼 다녀가는 학생들을 맞이하다 보니 갑자기 훅 사라진 공간에 혼자 남겨진 시간이 너무나 외로웠다. 뭔가 독서 행사를 준비하면 학생들이 몰려오고, 그냥 일반적인 업무만 하고 있으면 아무도 안 오는 것 같은 느낌은 외로움에 두려움까지 얹어줬다.

가만히 교무실에 가봤다. 선생님들은 수업 준비하랴, 회의하랴, 학년별, 교과별로 무척 바빠 보였다. 내가 속한 회의 시간은 월 1회 전 교사 협의회. 그리고 이름뿐인 비교과교사 협의회.

슬쩍 교무실 문을 열고 들어가서 기어들어가는 목소리로 "안녕하세요!"라고 인사했다. 가까이 앉은 선생님 한 분이 모니터에 파묻었던 머리를 슥 들고 쳐다보더니, "우리 신규 사서쌤이군요! 어서 와요, 내가 이거 공문 좀 처리하고, 우리 커피 한잔할까요? 조금만 기다려줘요." 바쁜 와중에도 쭈뼛쭈뼛 교무실을 찾은 신규 교사를 따뜻하게 맞아주려는 목소리가 참 좋았다. 결국 그날 나는 혼자 커피를 홀짝홀짝 마시다가 다시 인사하고 나왔다. 학기 초엔 특히 담임 선생님들이 너무나 바빴다. 부장 선생님은 늘 자리에 없었다. 결재판을 들고 헛걸음하기 일쑤였다. (당시엔 전자결재 시스템이 없던 시절이니.)

도서관으로 돌아왔을 때, 난 단단히 결심했다. 나의 첫 교직 생활을 외롭게 시작하고 싶지 않았다. 교감 선생님께 편지 썼다. 교무실에 내 자리 하나 만들어 달라고. 그리고 다음날부터 교무실과 도서관을 오가며 근무했다. 외롭지 않았다. 조금 더 바쁘고 번거로워졌지만, 그때는 참 좋았다.

♣ *안녕하세요, 교감 선생님!*
여러모로 신경 쓰실 일이 많으실 텐데, 정말 간절히 부탁드리고 싶은 일이 있어서 편지를 씁니다. 저는 사서교사입니다. 학교도서관을 운영하며 다양한 독서교육을 위해 노력하고 있습니다만, 더 다양한 교과의 선생님들과 소통하며 업무에 임하고 싶습니다. 도서관과 가장 가까운 교무실에 한 자리 마련해 주실 수 있을까요? 저도 교무실에서 근무하고 싶습니다. 결코 도서관 운영에 지장이 없게 하겠습니다. 교감 선생님, 꼭 부탁드립니다.
2004년 3월 12일(금) 사서교사 김○○ 드림.

02.
우리 담임쌤이 사서쌤이래!

“사서 선생님, 저희가 좀 사정이 생겨서 2학기에만 3학년 담임을 해줄 수 있을까요?”

신규 교사로 근무한 지 5개월 만에 3학년 부장 선생님으로부터 연락이 왔다. 갑자기 휴직하는 선생님이 생겼는데, 현재 학교에 담임을 맡을 분이 없다고. 부장교사가 든든히 지원할 테니 2학기 담임이 되어 달라고 말이다. 중학교 1학년도 아니고 3학년을! 게다가 수업도 하지 않는 학년인데 가능할까? 뭐라고 답해야 할지 몰랐다. 이윽고 교장선생님도 면담을 요청하셨다. 아이들과 조회, 종례 시간에만 만나겠지만, 학교에서의 시작과 마

무리를 하는 시간이 얼마나 중요한지 아냐고. 그 시간을
사서교사가 함께하면 학생들의 정서적인 면에도 많은
도움이 될 거라고 말이다. 사실 좀 무서웠지만, 한편으
론 '담임교사'에 대한 로망이 있던 터라 못 이기는 척 수
락했다.

그렇게 나의 첫 담임교사 생활이 시작되었다. 너무 꿈
만 꿨던 것일까? 알고 보니 내가 맡은 반은 악동 소녀들
이 가득하기로 유명한 반이었다. 2학기 개학 후 첫날 조
회 시간에는 얌전했는데, 점심시간 독서 행사를 마무리
하고 뒷정리하고 있을 무렵 우리 반 학생이 허겁지겁 뛰
어왔다.

"선생님! OO이가 그냥 집에 갔어요!"

"뭐? 왜?"

세상에, 정말 왜 갔을까? 당황스러웠다. 당연히 학생
들 파악이 안 된 시기였고, 학교 수업 중에 갑자기 귀가
해 버리는 학생은 상상한 적도 없었기에 뭘 어떻게 해야
할지 까마득했다.

그날 5, 6교시엔 도서관은 내팽개치고, 학생을 찾아
나섰다. 문자를 보내고, 전화하고, 집에도 연락해 보며

혹시라도 무슨 일이 생긴 건 아닐까 전전긍긍하며 시간을 보냈다. 그리고 다행히 종례 시간에 OO이는 교실로 돌아왔다. 자기가 어떤 행동을 해도 별 관심을 두지 않던 선생님들이었는데, 새로운 담임 선생님의 끈질긴 문자와 전화에 신기해서 와 봤다고. 어이가 없었다. 속상하면서도 무사히 학교에 돌아온 게 너무나 고마웠다. 그래서 아이가 보는 앞에서 펑펑 울고 말았다.

"야! 네가 어떻게 되는 줄 알았잖아!"

그 후로 그 아이는 착실히 학교에 다녔다. 스물네 살 어린 담임 선생님을 울린 게 미안했나 보다. 그해 내 첫 학급 제자들을 졸업시키며 난 더욱 펑펑 울었다. 6개월이 너무 짧았는데 너무 깊이 정이 들어버렸다.

다음 해에는 교감 선생님께 당당히 말했다.

"교감 선생님, 저 또 담임할래요! 그런데 3학년은 교실이 너무 머니까 도서관 바로 앞에 있는 1학년 8반 담임할게요!"

그렇게 나는 신규 교사 시절 담임을 3년 더 했다. 이후 고등학교에서 죽 근무하다 오랜만에 중학교로 다시 발령받았을 때 1년을 더 했다. 그래서 난 사서교사이면서 담임 경력을 4년 6개월 가진 사람이다. 후회는 없다. 오히려 그 시절 만난 학생들을 통해 내가 더 성장했으니까.

하지만, 후배 사서교사들에겐 이렇게 말한다. 정말 담임교사 역할을 해보고 싶다면, 딱 1년만 해보라고. 그거면 만족할 거라고. 그 이상은 '도서관'에 미안해진다고.

03.
부장교사라는 안경의 효과

"리하 선생님은 사서교사로만 머물 건가요? 이제 부장교사 역할을 할 때도 되었는데."

서른 여섯, 사서교사가 된지 12년이 되던 어느날 교감 선생님은 이렇게 제안하며 내 업무와 가장 유사한 '인문사회부장'을 제안했다. 한 번도 생각해 본 적 없는 업무라 바로 거절했다. 하지만 교감 선생님은 매일 도서관에 출석 도장을 찍으며 설득하기 시작했다. 사서교사로 열심히 일하는 모습도 아주 좋지만, 학교란 체제 안에서 시야를 넓혀서 볼 줄 알아야 한다고. 도서관에만 있으며 보지 못하는 것들도 볼 수 있게 된다고. 무엇보다도 부장의 역할은 전체적인 부서 업무를 총괄하면서 적절히 부원들이 능력을 발휘하도록 업무를 분배해 주는 거라고.

마음이 조금 움직였다. 조금 더 바빠지겠지만, 뭔가 학교의 기획 회의에 들어가서 전체적인 교육의 큰 그림을 그려볼 수 있지 않을까 기대가 생겼다. 동시에 걱정도 되었다. 내가 잘할 수 있을까. 비교과라고 무시당하진 않을까. 기우였다. 첫 부장 회의에서 부서 업무 계획을 말하는 목소리가 바들바들 떨렸다. 하지만, 다른 부장 선생님들과 교장 선생님, 교감 선생님은 모두 따스한 눈빛으로 내가 말을 마치길 기다렸다. 게다가 부장을 처음 맡았을 때 나도 그랬다며 언제든 궁금한 거 있으면 물어보라고 친절히 대해주는 부장 선생님들 덕분에 떨리던 마음도 진정할 수 있었다.

역시 달랐다. 사서교사로만 지낼 때는 나름 학사일정을 고려해서 독서 행사를 기획했다고 생각했지만, 다른 교육활동과 겹치며 좌충우돌했던 일들이 사라졌다. 독서 교육의 프레임을 크게 짤 수 있었고, 부서장을 통해 빠르게 협조도 얻을 수 있었다. '드림팀'이라 부를만한 부서 협력 프로젝트도 대성공을 이뤘다. 학교도서관이 부서의 중심에서 활약하며 학생 기획단 운영의 시작을 알렸고, 전교생이 참여하는 평화 & 역사 학술제와 연계한 독서 프로젝트로 풍성한 교육활동을 펼치기 시작했다. 사서교사로만 지냈다면 해내기 어려울 수 있는 큰 그림을 그려 나갈 수 있었던 건 비단 내가 '부장교사' 역할을 했기 때문만은 아니다. 당시 만난 부장교사들 간의 소통과 협력이 너무나 아름답게 잘 이뤄졌고, 교장 선생님과 교감 선생님의 든든한 응원과 지원이 있었기에 가능했다. 초빙을 받으면서 8년 근무한 학교에서 5년간 부장 교사로 살아오며 독서 모임도 활발히 진행했다. 45명 정도의 교사가 근무하는 학교에서 20명이 교사 독서동아리로 활동했고, 450명의 전교생 중 220명이 삼삼오오 또래독서단으로 참여한 기적적인 일이 일어났다.

이후 전근 간 학교에서 나에게 부장을 처음 제안했던 교감 선생님을 교장 선생님으로 다시 만났다. 당연하다는 듯 나에게 부장 역할을 맡기셨다. 거절하지 않았다. 내 능력을 펼칠 수 있게 도와주신 분을 돕고 싶은 마음도 있었고, 이미 경험한 노하우로 또다시 사서교사의 역량을 펼쳐보고 싶었기 때문이었다. 학생회와 학부모회

까지 관리해야 하는 '민주시민교육부장' 역할이긴 했지만, 부원으로 만난 선생님들이 각자 맡은 역할을 잘 해내 준 덕분에 도서관 업무도, 부서 업무도, 수업도 무사히 마무리했다. 정말 바쁜 1년이었지만, 추억도 많고, 즐거웠던 시간이었다.

모든 사서교사가 부장교사 역할을 담당하진 않는다. 하지만, 본인의 의지가 있고, 학교에서의 신뢰가 있다면 성장의 경험이 될 수 있다고 장담한다. 물론 6년의 부장교사 경험이 쌓이니 더 이상 그 역할을 하고 싶은 마음은 없다. 단순히 부장 업무가 싫어서라기보다는 이제는 사서교사로만 살아도 시야가 넓어졌다고 해야 할까? 학교란 곳의 기본적인 업무 흐름은 비슷하니 어느 시기에 어느 부서나 학년에서 어떤 일을 하는지 파악할 여유가 생겼고, 도서관 프로그램을 사이에 쏙쏙 집어넣어 운영할 요량도 생겼다.

요즘엔 사서교사 중에서도 부장교사의 역할을 한다는 사례가 제법 많아졌다. 각자의 자리에서 역량을 마음껏 펼칠 수 있는 기회라면 적극 추천한다. 하지만, 절대, 반

드시 해야 할 역할은 아니라고 말하고 싶다. 다시 당부
하지만, 본인의 의지가 있고, 학교에서 기피하는 부서를
떠넘기는 게 아닌 상호 신뢰 하에 맡게 되는 업무라면
해볼 만한 경험이라는 점을 기억하면 좋겠다.

　사서교사 김리하. 나의 직업과 내 이름이 자랑스럽다. 적어도 이젠 그렇다. 이 세상에 존재하는지조차 몰랐던 직업을 아빠의 노력으로 알게 되고, 그 길을 걸어온 지 22년 째다. 물론 여전히 어느 자리에 가서 부당한 대우나 시선을 받으면 자격지심 같은 게 솟아나긴 한다. '내가 사서교사라서 무시하나?' 하는 생각 말이다. 실제 눈 앞에서 당한 서러운 경험도 있어서 트라우마가 되었을지도 모른다. 하지만, 힘들고 어려운 경험이 있을 때마다 내 곁을 든든히 지켜준 진짜 친구와 동료가 있었다는 걸 깨달았다.

　얼마 전 오랜만에 만난 동료 교사는 나를 보며 아주 가끔 안타까웠다고 했다. 아무도 리하쌤을 사서교사란 이유로 무시하거나 막 대하지 않는데, 어떤 경험이 이 사람을 이렇게 예민하게 만들었을지 안쓰러울 때가 있었다고. 이젠 누구나 인정하는 사서교사니까. 당당해도 된다고 말이다.

'과거의 아픔은 그냥 과거에 묻어 두라.'는 말이 있다. 잊고 외면하라는 의미가 아니라 그때의 상처를 인정하고, 현재에 집중하라는 의미다. 다행히 사서교사로서의 삶은 아픔보단 행복함과 감사함이 더 많은 부분을 차지해 왔다. 게다가 내 삶을 회복하게 해 준 노래 스승 김신 대표님 덕분에 언제나 즐겁고 기쁜 일상을 보낸다. 그러니 이제는 학생들과 좋은 동료들로부터 받은 소중한 추억을 영양제 삼아 즐겁게 살아가는 나를 응원한다. 아니, 이 세상 모든 사서 선생님들과 사서교사 지망생들을 응원한다!

김리하

*이 책은 친환경 재생지로 제작되었습니다.

**사서교사
김리하**

초 판 1 쇄 2026년 4월 25일
지 은 이 김리하
펴 낸 곳 하모니북

출판등록 2018년 5월 2일 제 2018-0000-68호
이 메 일 harmony.book1@gmail.com
홈 페 이 지 harmonybook.imweb.me
인스타그램 instagram.com/harmony_book_
팩   스 02-2671-5662

979-11-6747-292-2 03810
ⓒ 하모니북, 2026, Printed in Korea

책값은 뒤표지에 있습니다.

이 도서의 국립중앙도서관 출판예정도서목록(CIP)은 서지정보유통지원시스템 홈페이지(http://seoji.nl.go.kr)와 국가자료공동목록시스템(http://www.nl.go.kr/kolisnet)에서 이용하실 수 있습니다.